JN057690

茜!! 飛び立て世界へ

坂本周次

鳥影社

夢は叶う。努力は報われる

（撮影：石島道康）

2013 年　グラスゴーワールドカップ　寺本明日香個人総合 4 位
右端が著者（58 歳）、右から 2 番目の女性は著者が育てた最初のオリンピック選手橋口美穂（現：岡崎 美穂。1996 年アトランタオリンピックに出場した）であり、日本の帯同審判として参加している。（撮影：大会スタッフ）

2013 年　イタリア国際大会
シニアの部　日本団体 2 位　（撮影：著者）

2013 年　ワールドカップ東京大会
寺本明日香個人総合優勝　（撮影：石島道康）

2013 年　ワールドカップ東京大会
右：著者と寺本明日香が優勝を確信し、両手を握りしめ合っている　（撮影：石島道康）
左：1 種目目の跳馬のユルチェンコ 2 回ひねりを決めて演技台から下りて来る寺本明日香と握手をしているところ　（撮影：石島道康）

2013 年 第 28 回ユニバーシアード
国グワンジュ大会
日本女子団体 2 位、寺本明日香個人総合 2
種目別段違い平行棒 2 位、ゆか 4 位
（撮影：大会スタッフ）

2015 年 グラスゴー世界選手権大会
サブ会場での段違い平行棒の練習
日本女子団体 5 位、寺本明日香個人総合 9
ヘッドコーチ坂本周次（著者）60 歳のとき
（撮影：大会スタッフ）

2015 年 グラスゴー世界選手権大会
日本女子選手団
後列左より内山由綺、笹田夏実、湯元さく
村上茉愛
前列左より杉原愛子、宮川紗江、寺本明日
（撮影：著者）

2014 年　世界選手権南寧大会
日本女子団体 8 位、寺本明日香種目別平均台 4 位
（撮影：著者）

2016 年　リオデジャネイロオリンピック
寺本明日香が念願であった個人総合 8 位に入賞したことを印す電光掲示板　（撮影：著者）

2016 年　リオデジャネイロオリンピック
日本代表選手たちの後ろ姿がかわいらしい一枚　（撮影：著者）

茜!!　飛び立て世界へ　目次

茜!!　飛び立て世界へ

この物語はフィクションです。
登場する人物、団体名等は、すべて架空であり、実在するものとは関連ありません。

第一章　師との出会い

神代茜（かみしろあかね）は鉄棒が大好きな小学三年生だ。母・久美子（くみこ）は「もっと鉄棒がやりたい！」という娘の言葉に背中を押され、近くのトレーニングセンターの体操クラブにお試し体験をさせたが、茜は「違う」という。そこは、新体操のクラブだったのである。

ある日、久美子がスーパーの帰りに喫茶店でティータイムを楽しんでいた時のことだ。

背中の方から客の会話が聞こえてくる。

「その話は私も聞いたことがあるわ！　オリンピック選手を育てたこともあるんでしょう？」

「そうなのよ、でも今は桂山（かつらやま）団地で一人暮らしだってね、何があったのかは分からないんだけど、何でも体操界では有名な人らしいわよ？」

久美子は聞き耳を立てていたが、ついに居ても立っても居られなくなり、

「あの、すみません。お話が聞こえてしまって、その……元体操コーチの方のことお聞きしてもよろしいでしょうか、実は私の娘の体操教室を探していて興味があったものですから」

二人組のママさんは、久美子のぶしつけな突然の態度に驚きはしたものの、いろいろと教えてくれた。

「でも今は指導していないと思いますよ？」

と最後に付け加えられたが久美子はその人を訪ねてみることにした。

町から車で十五分くらいのところにカントリークラブが点在しており、それらに囲まれるように桂山団地があり、そこに倉本という人は住んでいた。

ようやく家を見つけ門のベルを鳴らす。

「ごめんください。私、神代と申します。少しお話を聞いていただきたいのですが……」

「はい、何のお話でしょうか？」

第一章　師との出会い

インターフォンから男性の声が聞こえてくる。

「はい、実は私の娘が体操をやりたいと申しておりまして、その、ぶしつけなお願いとは思うのですが一度見ていただけないかと？」

久美子は頑張って話を続ける。

「わかりました、今、出て行きます」

しばらくして五十過ぎくらいの男性が玄関に出てきた。髪の毛は長く無精ひげで手入れが行き届いていない感じに見えた。

久美子は、「これは、失敗だったかな？」と一瞬ここでこの話はなかったことにしようかと考えてしまったのである。なぜならばあまりに落ちぶれた生気に欠けるという印象が否めなかったからである。しかし、久美子は続けた。

「体操のコーチだとお伺いしたのですが」

「ああ、そのことですか、今はもう体操の指導はやっていないのですよ」

「はい、それは他の人から聞いて承知しているのですが、実は私の娘が体操を本格的にやりたいとせがむもので、一度だけでも見ていただけないかと思いまして。無理なお願いとは重々分かっているのですが、すみません」

久美子が頭を下げる。

「うーん、でもねえ。もう体操の指導は辞めたのですよ。申し訳ないのですが、お引き取りいただけないでしょうか」

倉本の言うことはもっともなので久美子は一度は引きあげることにした。

家に帰ると夫の武がもう帰っていた。

「どうだったんだ？」

夫の問いに久美子は、

「そうね！　門前払いだったわ、当然よね」

「また行くのか？」

「そうね、でも元体操のコーチというより人生に疲れた感じの人で五十歳にしては落ちぶれた感じの人だったわよ」

二〇〇六年、倉本健(けん)は、有名体操クラブを五十歳で早期退職し、退職と同時に体操指導者の仕事からも完全に引退していたのである。

茜は相変わらず近くの公園の鉄棒で前や後ろにグルグル回転してその驚異的な身体能力で皆を驚かせていた。

数日した日曜日、久美子はこれで最後にしようと決意し、今度は茜を連れてもう一度倉本を訪ねた。

「あの、先日お伺いした神代ですけど、もう一度お話を聞いていただけませんか？」するとインターフォン越しに倉本から「この前の件でしたらお断りしたはずですが」と返ってくる。

久美子は食い下がり、

「それは分かっているのですが、今日は娘を連れて来ましたので一度だけでも見てやってもらえないかと思いまして」と粘って待っていると、しばらくして、

「分かりました、今出て行きます」と答えがあった。

倉本は体操服に着替えると車の鍵を持ってしぶしぶ表に出て来た。いくら暇を持てあましているといっても子供の体操ごっこにお付き合いするほど暇ではないが、まあ一度見てあげれば満足して考えを改めて帰っていくだろうと考えたのである。倉本は、二人を車に乗せ近くの岐明（ぎめい）大学に連れて行った。

岐明大学には、スポーツ科学部がありたくさんの競技部が毎日活動している。

県道から離れ少し傾斜のある山道を上っていくと、特徴のある建物群が目に入って来た。

「わーすごい」

茜が車の窓を開けた。四月の風が茜のほほに当たってここち良かった。

大きな三階建ての体育館の三階に体操場があった。近代的で立派な体育館だった。

「今日は学生の練習は午前で終わっているので誰もいないのですよ」

まるでこの大学体操部とは話がついているような口ぶりだった。

「大丈夫かな？」と久美子は急に不安になってきた。いきなりこんなすごい場所にくるとは思ってもいなかったからである。

「少し娘さんをお借りします」

と倉本は言い、目の前の大きなカーペット敷きのフロアに茜を連れて行った。

「準備体操をしよう」

倉本と茜の練習が始まった。

最初二人は、大きなフロアをぐるぐる走り出した。倉本コーチが遅いので茜が追い抜いたりもした。次にフロアの真ん中で二人は向き合って前屈や側屈、膝の曲げ伸ばし等、学校体育でもやりそうな内容のことを倉本が「1234、5678」と声をかけながら行っていく。やがて開脚座になり柔軟体操になった。倉本コーチが茜の背中を押してくれた。最後は、壁に倒立をした。茜は意外にも美しい倒立を、それもかなり長い時間頑張っていた。

「おい、倉本、何をそんなに真剣になってるんだ。たかが子供の体操遊びだろ。……いや、この子の体についている筋肉は、これは只者じゃない。肩・背中・腕・太もも・ふくらはぎ、すべての筋肉が無駄なく、しかも自然についている。それに柔軟な体……」

「このおじさん、なんかすごい。倒立とか側転とか、今までやりたかったマットのバク転とか。それに鉄棒のけ上がりも補助してくれるともう、すぐできちゃう！　魔法使ってる？　メッチャ楽しい」

久美子は、体育館の隅の椅子に座ってその様子を笑顔で見守っていた。二人は、いいペアなのかもしれないと久美子は感じ取っていたのである。

一時間ほどして倉本が久美子のところにやってきた。

「茜さんは体操選手に適した素晴らしい運動身体能力を持っておられます。もしかしたらもしかするかも分からないですね」

倉本は何か含みのある言い方をした。それは、倉本の心の奥底にしまい込んだ「世界へ挑戦する心」をかき立てるかのような衝動だったのである。

倉本は最初週三日くらいで指導すると言った。しかし時間がないとも。

「時間がないとはどういうことなのか？」

久美子には見当もつかなかった。

次の日から早速倉本によるマンツーマン指導が始まった。最初の内は柔軟や筋力トレーニングの体の動かし方、基礎的なマット運動、トランポリンでの跳び方の基本から練習が行われた。茜は最初の数週間は強い筋肉痛になったがその後は回復し体操の練習の虜（とりこ）になって行った。中でもタンブリングトランポリン（幅二メートル、長さ十四メートルの細長いトランポリンで、宙返りの連続など高度なゆか〈床〉運動の技術が習得できる）の練習は楽しかった。バク転や前方・後方のいろいろな形の宙返り（抱え込み・屈身・伸身）や半分、一回、一回半、二回、二回半とひねり技の技術も素早く覚えられる。それに倉本コーチの補助技術があれば鬼に金棒。見る見るうちに茜は、上達していった。

初めのうち週回数は週四、五回、そして二ヵ月後には週六回になった。

倉本コーチの髪はバッサリ切られ、長かったひげもそり落とされていた。

翌年は上海オリンピックの開催の年だった。女子学生選手に聞くと倉本のかつて教えていた選手が出るとのことだった。

「教えていたとはどういうことなのか？」久美子には疑問が残った。体操部部長の山田総一郎氏に話を聞くことができた。

「倉本と私は同期でね。彼はこの大学卒業後、岐阜市のＡＯＩ体操クラブに就職していい選手をたくさん育てたんですよ。なかでも来年上海オリンピックに出場が有望視されている青田愛選手は倉本が手塩にかけて育て世界選手権大会に二度出場させた選手だったんです。しかし、二〇〇六年の冬に東京のオリンピック選手がたくさん輩出されているクイーン体操クラブに移ってしまったんですよ、それが元で倉本はそのクラブを退職して体操の指導も辞めてしまったんですよ。ショックはかなり大きかったと思いますが、私も可哀そうで逆に声もかけられませんでしたよ」

久美子はその話を聞き「そうだったんですか。そんなことがあったんですね」

山田は続けて、

「でももう体操指導はしないと頑なに言っていたあいつが最近になって茜さんを見るようになって、また元気が出てきたようで実は私も喜んでいるんですよ。体育館は私が部長の間は自由に使ってもらえるよう理事長にも話をしてありますから、安心してください」と言った。

倉本さんにはそんな過去があって今もまだ苦しいのかもしれないと思うと久美子は切ない思いがした。


春が来て茜が倉本コーチから体操の指導を受けるようになって早一年が経とうとしていた。

倉本コーチより「茜さんを試合に出すので選手、役員の登録をしてほしい」と言われた久美子はいろいろ調べたところ、まずクラブ名が必要だということが分かった。

岐阜県可児市（かにし）の頭文字をとって「GK体操クラブ」というのはどうかと倉本に

聞いてみると倉本は「クラブ名は任せます」と素っ気ない答えだった。

「じゃこれで行くか！」とあっさりクラブ名は決まった。

久美子はかつて大手銀行に勤めており結婚と同時に退職したがパソコンのメール、ワード、エクセルなどは一通りできた。日本体操協会、岐阜県体操協会他にも団体登録し、役員、指導者、選手の登録も正式に行った。

久美子は形式上部長兼監督になった。コーチ倉本健、選手は神代茜ただ一人である。

こうしてＧＫ体操クラブは正式な体操クラブとしての第一歩を踏み出した。

茜は小学四年生となり五月に行われるＪＧＦ（ジャパンジムナストフェスティバル）のジュニアエリートの部に出場することとなった。茜は小柄で全身の筋力があり、動きにスピード感がある。普通の同年代の子供に比べ格段に上達スピードが早い。縦にも横にもいろいろな運動に対応できる可能性がある。「この選手は、面白い。教え甲斐がある」倉本はそう感じていた。

茜は段違い平行棒が得意になっていた。高棒から低棒に飛び移るパク宙返り[注1]〈Ｄ難度[注2]〉がまだ完全に習得できていないものの高棒での前方、後方の車輪、二分の一ひねり、一回ひねり、下りも屈身二回宙返りができるようになっていた。

平均台も前方伸身宙返り、横側宙、縦側宙〈いずれもD難度〉等の宙返り技、交差とび〈C難度〉、交差輪とび〈E難度〉ができ、下りは後方抱え込み二回宙返り〈D難度〉を練習中である。

ゆか（床）も後方抱え込み二回宙返り、後方伸身二回半ひねり〈いずれもD難度〉、後方伸身一回半ひねりからの前方伸身宙返り一回ひねり〈C+C組み合わせ加点0・1〉、ダンス系も交差輪とび、リープ二分の一ひねりとび〈いずれもC難度〉、足を持った二回ターン〈D難度〉等を練習中である。跳馬はユルチェンコ[注3]の伸身まではできて現在一回ひねりを特訓中である。倉本は、この一年間の茜の上達ぶりを見て「これなら追いつける」と確信した。茜が選手としての練習に入った時期が遅かったため（早い人は幼少期から始める人もいる）心配していたのである。

倉本コーチは補助技術が最高にうまかった。今、何回茜に触れたのか見ていてもまったく分からない手の速さ、体のこなしでまるでお手玉をするように茜を縦に横に回転させる。コーチの補助技術の良し悪しは、選手の上達を大きく左右すると云える。また怪我の防止にもなり、より安全に選手は成長していくことができるのである。

「マジックを見ているようだわ！」

「茜もジェットコースターに乗っているようなもので楽しそうだわね！」

いつも体育館の隅の椅子に座って大学生男女に交ざって練習をする茜を久美子は見ていた。

ＪＧＦの大会が間近に迫っていた。茜の父、神代武（かみしろたけし）は車を買い替えた。大型のワゴン車だった。これから頻繁に遠くの大会に出かけることになるだろうと思い久美子の軽自動車をワゴン車に買い替えたのだ。「ありがとうパパ」茜と久美子は大喜びだった。

ＪＧＦは京都府向日市（むこうし）で行われた。出場者数八百名、エリートクラス（ＦＩＧ世界ルールで行われる部門／小学六年生から高校三年生まで）、ジュニアエリートクラスⅠ・Ⅱ（国内教育的規則である変更ルールⅠ適用／Ⅰ中三から高三、Ⅱ小学四年生から中学三年生対象）、ビギナーズクラスの四部門がある。茜はジュニアエリートクラスのⅡにエントリーした。初めての大会である。

大会前日、新しいワゴン車に乗り京都に向かった。今回は父親の武も同行する。高速道路、気分が良かった。サービスエリアで休憩し一路大会会場に向かう。今日は会場練習があるのだ。

茜は緊張していた。試合というものを経験したことがないので自分が何者かがまず分からない。普段通り、歯を磨く・朝食を摂る・練習バッグに道具を入れる。プロテクター[注4]、試合のレオタード、ゼッケン、忘れ物がないか何度も確認する。久美子もチェックしてくれた。何だか落ち着かない。

体育館に到着。練習時間まで二時間、久美子が受け付けをすます。ＩＤカードを受け取り、大会会場に入ると、もう茜の前の組の練習が始まっていた。観客席に座り練習を見学する。茜が出場するジュニアエリートの選手たちだった。

茜はいつも大学生に交ざって練習しているので茜と同じくらいの子供たちが練習する姿を見るのは初めてだった。上手な子もいればそうでない子もいた。思ったより体育館は、大きくて立派だった。「いけない、何だか胸がドキドキしてきた。息をするのもしんどくて、あー私ちゃんとできるのかな……」茜は、急に心細くなってきたのである。「でも大丈夫。私は、たくさん練習してきたんだから絶対大丈夫」茜は両手を強く握りしめた。

「やー倉本さんじゃないですか」どこかの誰かが倉本コーチに声をかけた。倉本が挨拶する。するとあちこちからコーチたちが集まって来て倉本を囲んだ。「やっぱり有名なコーチなんだな！」茜は再認識した。久美子も武もそれは同じだった。

「どうしていたのですか？」

「いや、もう体操コーチは辞めようと思ってたのだけどね」

倉本は照れくさそうに話す。いつもの鬼コーチとは打って変わって可愛い笑顔だった。

茜の、会場での二十分ローテ練習が始まった。女子体操の試合の器具順は基本的に「跳馬―段違い平行棒―平均台―ゆか（床）」となっている。

茜の練習は平均台からだった。倉本コーチが言う「二回目に一本通し」をする。伸身前宙からの前後開脚とび……「体育館がいつもと違うので景色も違うしやりにくいな」余計なことを考えている内にターンで落下してしまった。

茜は「いつもは、こんなところでは失敗しないのに」とうなだれる。倉本の声がする「何ボヤッとしてる！」二種目目はゆか（床）、「アクロの確認！」倉本コーチの声が響く。

倉本コーチはいつも声が大きかった。「ハイ！」アクロバットは四つ。後方抱え込み二回宙返り、後方伸身二回半ひねり、後方伸身一回半からの前方抱え込み宙返り、後方伸身二回ひねり、いつもやっていることなので簡単だと思ったが、どの方向にどの技をやればいいのかが分からない。

倉本の声が飛ぶ。「ここを大学の体育館だと思って鏡がある壁がここと事務所があっちとか頭の中で置き換えるんだ、早くしないと曲順が回って来るぞ！」

「そうか！」やっと茜のエンジンがかかった。

その後、曲係の久美子が曲をかけ、曲での動きの演技練習。三種目目、跳馬。今回はユルチェンコスワンのみで簡単だ。四種目目の段違い平行棒はまず手に包帯を巻きプロテクターを付ける。いっしょに回っている選手たちも同じことをしている。

車輪でバーのしなり具合を確かめる。二回目に演技練習、これはいつもやらされることだ。下のバーから上のバーへ飛び移る。車輪の一回ひねり、二分の一ひねり前方車輪、方向を変えて後方屈身二回宙返り。まずまずの調子だった。

次の日は試合当日だった。前日の練習がうまく行ったので茜には自信があった。

「今日は大丈夫」

平均台試技順一番から茜の試合が始まった。伸身前宙、前後開脚とび―ウルフとび[注5]、縦向きの側宙、交差輪とび、順調だった。ターン、気が付いたらもうマットに落ちていた。思わず涙が出て来る。「こんなはずじゃなかったのに！」時計係のおばさんが立ち上がり「五秒！」と鬼のような声でいう。「あ！　そうだ、十秒以内に平均台に登って演技をしないと減点なんだ！」

茜は涙をこらえ台に登って続きを演技する。

下りの後方抱え込み二回宙返りは決まった。（Dスコア5・7　Eスコア7・3決定点13・00）

ゆか（床）。今度は演技順ラスト、一番を務めると次はラストになり五、四、三と演技順が上がって行く。一人当たりの演技時間は一分三十秒、五人の演技が終わるまで待たされる。選手席での準備体操は禁じられているのだ。

「あー体がムズムズする。早く始めさせてー」

倉本コーチが「深呼吸だな！」と、茜の耳元で言う。

前の子が目の前で尻もちをつく大失敗（手や尻等をゆか〈床〉につくとマイナス一点）「あー私もやっちゃうかも」ふっと横の方に目をやると母久美子が曲係として会場に入っていた。「なんだかできそう！　だってみんないるんだもん！」

茜のゆか（床）の演技、最初のアクロバット「後方抱え込み二回宙返り」をしっかり決め、その後も曲に乗り演技を終えた。

個人総合三位、平均台のミスがなければ優勝だった。「私、やればできるんだ！　今度は金メダルを取ってやる！」茜の小さな体に初めて闘志のような物が湧いてきたのである。

七月に入り「岐阜県ジュニア大会」が開催された。茜は小学生の部に出場し個人総合優勝、岐阜県小学生チャンピオンとなった。

倉本は、選手の能力を伸ばそうとするとき、その選手に色々な技を試させできそうな技を見つけていく。どんどんできる選手もいるが、一年に一つずつなどという選手もいるのである。茜は、そのどんどんできる選手の類いまれなる一人であった。しかし倉本は、やり方を変えずできそうな技からあせらず一つずつ、確実に習得させていった。

七月下旬、広島で「西日本ジュニア選手権大会」が開催された。茜はジュニアエリートの部にエントリーした。今回は新たに、跳馬でのユルチェンコ（助走から側転四分の一ひねりから後転とびをして跳馬に着手する跳び方）の一回ひねり（Dスコア5・0）[注6]に挑戦する。他の演技内容は変わっていないがこの大会でジュニアエリートの部個人総合三十位に入ると全日本ジュニア選手権大会のジュニアエリートの部に出場できるということで期待は大きかった。経費節減のため、やはり神代号（新しいワゴン車）で行くことになった。久美子と倉本コーチが交代で運転する。

茜は思った。武パパは試合の日に来てくれる。パパも今回は気合が入っていて「俺もユニフォームが欲しいんだけど」とママにせがんでいた。パパには私たちとおそろいのTシャツがプレゼントされた。パパはお調子者でこの前のJGFでも大声で応援してくれていて、恥ずかしいけど最高のパパなのである。

試合当日、一種目目は跳馬、四番目の演技から試合が始まった。

茜は力強く助走しユルチェンコ一回ひねりを着地まで見事に決めた。

「茜よーし！」武パパの声が館内に響いた。

茜は倉本コーチとハイタッチ！　段違い、平均台、ゆか（床）とこの日初のノーミスで演技終了、個人総合出場中最年少で六位、跳馬は見事優勝という素晴らしい成績であった。

次の日、岐明大学の体育館に行くと大学生たちが祝福してくれた。しかし、倉本コーチは遠いところを見ているような目で少し笑顔を見せただけだった。

「この人は何を考えているんだろう？」茜には見当もつかなかった。

倉本コーチが段違い平行棒でイエーガー（逆手での前方車輪から開脚で宙返りをして再びバーを持つ俗に言う離れ技である）を練習すると言い出した。試合期の真っただ中で八月には全日本ジュニア大会があるというのに？である。

その日から厳しい指導が始まった。しかし、茜は倉本コーチに食らいついた。練習場では段違い平行棒の補助台から茜のイエーガーを補助して倉本コーチと茜がウレタンプールに幾度も幾度も落ちて行く姿があった。そしてパク宙返りもだいぶ一人でできるようになっていた。倉本コーチは何かに取りつかれたように、ただひたすらに茜の練習に没頭した。

八月中旬、「全日本ジュニア選手権大会」が横浜で開催された。

茜は段違い平行棒に不安を残しながら大会に挑んだ。

練習日、他の三種目は問題なかったが段違い平行棒は覚えたてのイエーガー宙返りとパク宙返りを入れての演技練習でさすがにうまく行くはずがなかった。何度もマットに落ちるが倉本コーチが茜を拾ってくれるので全然痛くはなかった。時間は限られている。でも二人は諦めなかった。「コーチが言うなら私はやる！」茜は、それだけは、決意していた。

試合当日、平均台から試合が始まった。茜は順調に得点を重ねて行く。そして最終種目、迎えた段違い平行棒。茜は試技順一番だった。高棒と低棒の間に立ちロイター板（踏切板）を力強く蹴って高棒に飛びつく。順手で車輪、二分の一方向を変えて前方車輪そしてイエーガー宙返り、――持った！　そして低棒に飛び移るパク宙返り、その時低棒に近づき過ぎてバランスを崩す。

「あっ！」久美子は思わず声が出てしまい口を押さえた。

「なんとかしろ」武パパが叫ぶ。茜はなんとか体勢を立て直し下り技の着地までたどり着く。しかし高得点は出なかった。

茜は個人総合六位入賞したが表彰式では浮かない顔だった。

「全日本ジュニア選手権大会の六位だよ！　凄いじゃない！」

久美子ママも武パパも褒めてくれたが茜は納得いかなかった。どうしてって倉本コーチが何も言ってくれなかったからだ。それにあんなに練習したのにどうして段違い平行棒はうまくできなかったのか。茜は不満足だったのである。

第二章　中学生チャンピオン・初の国際大会進出

この夏、上海オリンピックが開催され体操日本女子団体は五位と健闘した。青田愛選手は個人総合決勝（各国二人まで）に出場することはなかった。

八月の終わりに「東海ジュニア体操選手権大会」があり、茜は小学生の部で個人総合優勝し十一月に新潟で行われるU－12大会（全日本小学生選抜大会）に出場することが決定した。

岐明大学体操部は男女インターカレッジ（全日本学生体操競技選手権大会）で二部校に位置しており今年も予想通り二部の定位置だった。目標はもちろん男女共一部校昇格である。

山田総一郎男女部長は倉本健を体育館の部長室に呼んだ。

「倉本、茜選手は順調のようだな」

「山田、改まってなんの用だね」

「長い付き合いだから単刀直入に言うよ。お前にこの大学体操部の男女アドバイザーコーチになってもらいたいんだよ」

山田は続けた。「AOI体操クラブを退職して、そろそろお金にも困ると思うしどうだい考えてくれないか」

「いい話だとは思うが今は茜の練習に専念したいんだよ。だから、お断りするしかないいな」

「そう言うと思って理事長の承諾を得て来たんだ」と一枚の覚書を倉本の前に提示した。給与額とやるべき仕事の内容が明記されていた。

「こんなことでこんなに貰っていいのか？」

それによると、週一回の男女レギュラー選手の演技チェック、練習課題の提示が倉本の主な仕事だった。倉本は承諾した。

「それともう一つ」山田は話を続けた。

「茜選手のクラブ名を『岐明大学ジュニア体操クラブ』としてくれれば選手、

コーチ二名までの遠征時の交通費、滞在費を持つと理事長が言ってくれているんだがどうする？」

「神代夫婦に言ってみるよ」と倉本は笑顔で答えた。

十一月、U―12大会が新潟で開催された。ブロック選抜、全国から百二十名の小学生が参加する大会である。

茜はゆか（床）からの試合だった。もうだいぶ試合というものがどういうものなのか分かってきた。前回の試合で苦しんだ段違い平行棒のイエーガー宙返りやパク宙返りももう大丈夫。茜は、自信満々だったのである。

試合ではとにかく緊張するがいかに集中して一つ一つの技を確認してやっていくかが大切である。あと倉本コーチの顔をよく見て耳でコーチの声をよく聴く（倉本コーチは声が大きいから大丈夫だけど）。コーチが黙っている時は、たいがい問題はない。でも、いつものことだから！　といい加減に聞いていると突然叱られることもあるのでこのおじさんは要注意だ。

この試合では周りの選手とコーチたちがすごく上手な人ばかりだなということは茜にもよくわかった。同じ組の違う種目に気になる選手がいた。外国人がコーチをしている選手だった。体がまだ小さいので、もしかしたら同じ年かもしれなかった。

「うまいな」茜にもその選手がただ者ではないことはすぐに分かった。

「とっても綺麗」

その選手の動きはとてもやさしく、表情や手脚の動かし方がバレエダンサーのようでもあり、茜のパワフルな力で押していく体操とはまったく違っていたのである。

「こら！　どこ見とる！」

倉本コーチだ！

「やばい、集中しなきゃ」

試合はノーミスだったが五位だった。小学六年生にはパワーの差で勝てない。技の大きさや迫力という点で勝ちを譲るしかないというところか、しかし演技の内容では上位入賞者に負けてはいない感じだった。

倉本コーチは顎を触りながら遠くを見て何かを考えているようだった。

「いつもの癖だよ。こりゃまた、何かを私にやらせようと考えているな？」

茜にはすぐに分かった。試合前に気になっていた選手は四位で茜の一つ上の表彰だった。名前を篠田晴美（しのだはるみ）という。茜と同じ小学四年生、美しく可憐な少女だった。ロシアのコーチは、セルゲイという人だった。


この年の大会はすべて終了した。倉本は岐明大学体操部のアドバイザーコーチに就任し毎週土曜日に女子、日曜日に男子の演技チェックをすることになった。

倉本は男子レギュラー六人の六種目、女子六人の四種目の演技構成を表にして失敗箇所、反省箇所のチェックをし、考えられる発展技や、なぜ失敗したか、改善方法は？　などを毎週表にして貼り出し練習課題を出した。

そして普段も茜の練習の合間に学生の質問や練習を見てほしいという要望にもできる限り応えた。やがて男女とも少しずつではあるが上達が見えはじめた。


茜の小学六年の春がやって来た。

クラブ名を「岐明大学ジュニア体操クラブ」と改名し三年目となる今年は勝負の年だ、と倉本は考えていた。

七月、西日本ジュニア選手権大会が終了し、茜は西を一位で通過した。東の一位は予想通り篠田晴美だった。

八月には全日本ジュニア選手権大会ジュニアエリートの部の決勝が横浜文教体育館で開催された。

東西の一位は最終班・跳馬からスタートするシード制だった。ローテ練習は開始二種目目の段違い平行棒から始まる。

篠田は、段違い平行棒と平均台が得意だった。段違い平行棒ではシュタルダー（開脚浮き腰で後方に一回転して最後は倒立になる技、C難度、一回ひねるとD難度になる）が上手だった。

「足が綺麗」茜はうっとり見てしまう。

「茜、何を見てる、次はお前の番だぞ！」

倉本コーチの声で、はっと我に返る。

「いけない、悪い癖が出ている、頑張らなきゃ」

ローテ練習が終わり跳馬から試合が始まる。

跳馬は、二人ともユルチェンコ一回ひねりを決め互角、段違い平行棒も演技の

Dスコア（演技の難易度を印すスコア）は茜のほうが少し上だったが、美しさを表すEスコアで晴美が少し上で差はなかった。平均台、これも互角で譲らず勝負は、最終種目ゆか（床）に持ち越された。

三分アップが行われた。茜は脚力が強く宙返りの高さでは負けなかった。しかし会場入りしてから後方伸身宙返り一回半ひねりからの前方伸身宙返り一回ひねりの連続技がうまくできていなかった。

「茜、一回半の後の宙返りは抱え込み前方宙返りにしなさい」

倉本コーチが耳元でささやいた。いつもなら「強気で行け」というコーチが弱気な作戦だった。茜は「わかりました」と答え、気持ちを入れ替え演技に入っていった。

曲が流れ始める。ポパとび（左右開脚とび一回ひねり）後方抱え込み二回宙返り、後方伸身宙返り二回半ひねり、交差輪とびからのリープ二分の一ひねりとび、曲の感じがここから変わる。

優しい動き、そしてコーナーに行く。少ない助走から後方伸身宙返り一回半ひねりからの前方抱え込み宙返り、足を持った二回転ターン……後方伸身宙返り二回ひねり。

曲が消える。いい出来だった。そして次は晴美だった。

演技が始まり途中に茜がやろうとしていた後方伸身宙返り一回半からの前方伸身宙返り一回ひねりのところにきた。助走から少し勢いがなく一回半の後の蹴りが弱くひねりに入ったところで尻もちをついてしまった。

結果、個人総合優勝神代茜、二位篠田晴美となった。しかしこの篠田晴美選手との戦いはこれからも続くと予想された。

そしてこの年の十一月に行われたU―12大会も制した神代茜は小学生として二タイトルの全国チャンピオンとなったのである。

この頃茜の母・久美子は悩んでいた。中学校を公立にするか私立にするかという問題であった。今のままの練習や倉本コーチの指導は絶対で学校の試合にも出してやりたい。

倉本コーチに相談すると「山田部長に相談してみます」ということだった。

山田部長は「それなら岐明大学の付属中学校に入ったらどうだ」という。

スポーツ推薦で授業料は免除、学校の大会についての費用は学校が負担、中高一貫教育で岐明大学付属高校に上がれる。「俺が理事長を通して校長を紹介してやるよ」という。神代夫婦に相談したところ、茜も含めそれでいいということになった。

そしてそれから秋冬の倉本コーチの猛特訓が始まった。大学生も練習の内容が変わっていき上達の兆しが見えはじめていた。山田部長も体育館に顔を出すようになっていた。

そんなある日、男子監督の桑田誠（まこと）と女子監督の斉藤さきが倉本のところに挨拶にきた。斉藤さきコーチが話しはじめた。

「倉本先生、大変ご挨拶が遅くなってしまったのですが、私たちではなかなか力不足で学生たちをコントロールできていないので、これからもご助言よろしくお願いします」

男子監督の桑田は「倉本コーチの噂は随分前から聞いていて、もっと怖い人で近寄りがたい存在だと思っていたんですけど、それは誤解でした。これからしっかり学びますのでよろしくお願いします」と言う。

「突然押しかけてきて随分迷惑をかけたと思うけど、これからも仲良くやっていきましょう」と倉本は返した。

桑田と斉藤からすると、これまではいっしょに練習してはいたが倉本コーチと茜をよそ者という感覚でしか見ていなかったのである。

二人は部長から倉本のアドバイザーコーチの件を聞かされ「私たちじゃ駄目だというの？」という不満や反発もあった。しかし倉本コーチが学生に出す演技チェック表やアドバイスは的確で無駄な演技構成や逆に演技に取り入れていかなくてはいけない技、そして練習のやり方や演技の組み立て方、基礎技、段階を追った技の選択方法、それらに基づいた毎日、一週間の練習の組み立て方、アップ、通し練習、反省、発展練習というような練習の具体的な順序までも指摘していて、学生から最初のうちは、反発もあったが、それに真面目に取り組む学生もいた。それまでの漫然とした練習から目的を持った練習に変化して来ている現状を見ると山田部長が示す今のこのやり方はある意味正しいのではないかと二人の監督は思うようになったのである。

倉本コーチと茜は段違い平行棒の閉脚シュタルダー〈D難度〉を練習し始めた。鉄棒に輪状のひもで手首を固定し手袋をはめて浮き腰回転を行い、数回目に倒立に持ち込むという練習である。または、段違い平行棒の低棒に水道のパイプのような物を取り付けて手首を固定し同じように数回、回転し倒立に持ち込むのである。

倉本コーチは、この冬季トレーニングで全種目のDスコアをさらに上げ、中学三年間の内には、茜のDスコアを日本一に持って行くつもりだったのである。

茜は、いい選手である。しかし無理をしてはいけない。いろいろな試合を経験させながら技の完成度と心の成長を見ながら四種目が平均して演技力（Dスコア）が向上していくように育てなければならない。

中学一年生になり最初の大会はＪＧＦだった。

冬場に練習した跳馬のユルチェンコ一回半（Dスコア5・3）、段違い平行棒の閉脚シュタルダー、下りの月面宙返り、平均台、後転とびからの伸身宙返り連続（ＢＣＣ組み合わせ加点0・2）、その他にも組み合わせが二ヵ所あり、下りも屈身二回宙返り〈Ｅ難度〉になった。

ゆか（床）は月面宙返り〈Ｅ難度〉、後方伸身宙返り二回半ひねりからの前方伸身宙返り一回ひねり、後方伸身宙返り一回半ひねりからの前方伸身宙返り二回ひねり（いずれもＤ＋Ｃ、組み合わせ加点０・２）等、盛りだくさん過ぎて茜はパニックになりそうなくらいである。

ＪＧＦではミスもあったが技は幾つか確認できた。次は西日本ジュニア大会だったが倉本コーチが今年は全日本ジュニア選手権大会のエリートの部にエントリーすると言った。エリートの大会は小学六年生から高校三年生まで出場でき、ＦＩＧ（国際体操連盟）のルールで行われる。

「これは大変だ」茜は胸がドキドキするのを覚えた。

「オリンピックと同じルールでしかも中一で出るなんて大丈夫かしら？」

倉本コーチは何も言ってくれなかった。

七月に岐阜県中学大会が行われた。茜は岐明大学付属中学から出場し茜の担任の水野真理（まり）先生が付き添ってくれた。

中学校の大会には学校長が認める外部コーチが試合に帯同できるのである。プラカードを持った水野真理先生が先頭で試合会場に入場、その後に茜、そしてその後ろから倉本コーチがついて来る。

「倉本コーチ、可愛くて笑っちゃうけどでも頼もしい」茜はご機嫌だった。今日は両親も応援に来ている。もう県では敵なしの状況で茜の一挙一動にみんなが注目する状況となっていた。

県、東海と個人の部トップで勝ち抜き全日本中学大会の出場権を獲得した。

八月、全日本ジュニア選手権大会がやって来た。

エントリーしたエリートの部は茜は高校三年生までなのでいっしょに試合をする班の選手の中には高校三年生のかなり大きい選手もいたが、茜は普段大学生と練習をしているためその点は問題なかった。

初めて使う跳馬のユルチェンコ二回ひねり（Dスコア5・8）、段違いの閉脚シュタルダー一回ひねり〈E難度〉などいいだしたら切りがないくらい演技の内容がどんどん変わっていくので大変だった。

試合は三日間にわたって行われエリートの部だけでも約二百名の選手が出場している。倉本コーチが珍しく「さー茜、力試しだ」と言って茜の肩を叩いた。

茜は、跳馬、ユルチェンコ二回ひねりを決め段違い平行棒閉脚シュタルダー一回ひねり、閉脚イエーガー〈E難度〉パク宙返り、月面宙返りを入れた演技を難なく成功、平均台では多少のふらつきはあったが後転とびからの開脚伸身宙返り連続も成功し、ゆか（床）は月面宙返り、二つの組み合わせの宙返りを盛り込んだ演技で試合は終了した。

すべての選手の演技が終了したとき、倉本コーチは速報配布所にいた。そして発表された速報をいち早く手にすると、観客席への階段を走って上り切り、そこで茜を捕まえて「茜！」と声をかけた。倉本は茜に手を差し出し握手を求めた。倉本は、茜に「個人六位！　全日本選手権大会出場決定だぞ！」と言ったのである。

茜は何が何だか分からなかった。「私が六位？　あの全日本選手権に出るの？」あまりの好成績に自分が信じられなかったのである。あのオリンピック選手や世界選手権選手が出場する全日本に出場するなんてすごい！　頭の中がカーッと熱くなって知らないうちに涙が出て来た。

久美子ママや武パパが駆け寄ってくる。茜は両親に抱かれてしばらく動くことができなかったのである。

「努力は報われる」茜は泣きながら今までの辛かった練習の日々を回想していたのである。

倉本は、茜が十三歳になり年齢的に全日本選手権大会に出場できる今年を待っていたのである。

あえてこの大会が全日本の予選になっているということを事前に告げなかったのは、余計なことを考えていらぬ力が入ってしまうのを防ぎたかったのである。


そして茜はジュニア選手権大会から一週間後に開催された全国中学大会で、みごとに個人総合優勝し、早くも中学生チャンピオンになったのである。その結果茜は、十二月に実施されるジュニアナショナル合宿に参加することが決定した。

自宅に日の丸がついたジュニアナショナルのユニフォームの上下ウェアとTシャツが届いたのは十一月中旬のことであった。茜は嬉しくて一晩中そのユニフォームを抱いて寝たのであった。

十二月中旬、茜と倉本コーチはジュニアナショナル合宿に参加するため、東京赤羽にあるナショナルトレーニングセンター（NTC）に出発した。名古屋からは、新幹線だった。「凄い、速い」茜は、何もかもが初めての経験で上機嫌だった。

茜が選ばれたのはジュニア選手権大会エリートの部六位であったことが決め手となりU－14選考八名の内一位選考だったということである。ジュニアナショナル認定選手は二十名。ナショナル選手は除きU－17八名、U－14八名、推薦四名である。

NTCの一階で受け付けを済まして、受け取ったIDで各扉を開けて三階の体操体育館へ。更衣室の前でしばし倉本コーチとお別れ、午後一時、集合しジュニア部長の岡本氏の挨拶のあと練習が始まった。茜の胸には日の丸のワッペン、背中や太もものところにJAPANの文字が光っていた。

練習は、五人ずつの四班に分かれて始まった。

篠田晴美がいる。他にもジュニア大会、全国中学大会で見かけた選手がいた。同じ班に一つ年下の小学六年生、加藤杏子（かとうきょうこ）という選手がいた。

とにかく技が凄かった。跳馬はユルチェンコ二回ひねり、平均台の入りは前方抱え込み宙返り〈D難度〉、二回ターン〈D難度〉、交差輪とび〈E難度〉……一体Dスコアはどれくらいあるのだろう。「本当に小学六年生なのか？」と疑いたくなる程すごい技の連続だった。

ゆか運動は後方の伸身二回宙返り、後方二回半――一回、タンブリングトランポリン（長さ十七メートルの長いトランポリンでアクロバットの連続などが練習できる）ではシリバス（後方抱え込み二回宙返り二回ひねり）等を練習しており、コーチ、選手はみんな目を皿のようにして見入っていた。もしこの選手が今、タンブリングトランポリン等で練習している技を実際の試合会場でできるようになったらおそらくゆか（床）に関しては、オリンピックの種目別選手権大会に残るかもしれないレベルだったのである。

彼女の太ももは異常に太くたくましかった。「負けるかも」茜は思った。でも段違い平行棒はそうでもなかったような？　はっきりと全部見たわけでもないので詳しくは分からなかった。合宿は三泊四日で終了した。

帰りの新幹線の中で倉本コーチが「茜、びっくりしないでよく聞けよ！」と話しだした。

「来年の三月に『イタリア国際体操競技選手権大会』がありまして……茜が日本代表に選ばれました！」

茜はそれを聞いて、

「何？　それ？　どういうこと？　私、イタリア？　に行くの？」

信じられないような話だった。茜は思った。そう言えばＮＴＣの合宿でも倉本コーチはよく岡本部長に呼ばれていたし他のコーチからも随分難しい話があったみたいで、もう何度もＮＴＣには来ていたって感じでコーチたちの中でも親分みたいだったたし、やっぱりただのおじさんじゃないよね……。

多治見駅まで迎えに来た久美子も武も、初合宿無事終了とおまけにイタリア遠征の件も重なって大喜びだった。

「倉本先生、今日はご馳走しますから家に寄ってってください」

帰りの車の中で武パパは言った。

「じゃあ、お言葉に甘えて」というわけで倉本コーチといっしょに夕飯を食べることになった。その日はすき焼きだった。

「わー、凄いご馳走！」茜は喜んだ。久美子が二人にビールをつぐ。

食事の後、久美子が勢いで倉本に尋ねた。

「それはそうと先生はずっとお一人なんですか？」

「久美子！　そんなことを今、聞かなくても……」

武は困った顔をしてすまなさそうに倉本の顔を見た。

「妻と子供が二人いたんですが、下の男の子が大学を出た後、家を出て行きました。妻と娘はいっしょにどこかで暮らしていると思います」

と話し出した。

「会社を辞めた後、何も手につかず家にいたんですが、妻と娘とうまく行かなくて、お恥ずかしい話です」

久美子はもうそれ以上聞こうとはしなかった。

倉本は自分の人生は一度終わったとも言っていた。茜の指導を始めて生きがいのようなものをまた見つけたとも。武が酔いつぶれて幸せそうにソファーで眠ってしまったので、久美子が倉本を自宅まで送っていった。

助手席で倉本は寂しそうに夜空を見上げて、見間違いかもしれないが目に涙を浮かべているように見えたのである。

年が明けて三月、ジュニアナショナルのイタリア国際大会の日本代表メンバーは、イタリアに向けて日本を出発した。初めて乗る飛行機、茜は緊張していた。

日本選手団は、選手五人、神代茜（中一）篠田晴美（中一）内川美紀（中一）宮島理恵（中二）阿部みゆき（中二）、コーチも五名それぞれについている。

ヘッドコーチはなんと倉本コーチだった。

ホテルに到着して三時間後、練習に出発した。日本体操協会から審判員二名、通訳兼総務の人が帯同していた。

練習が始まり時差調整もあるのでこの日は軽めの練習だった。

練習の終わりの挨拶で倉本ヘッドコーチが「明日の午後の練習ですが、仮オーダーで試技をしますので各選手、コーチの皆さんは明日の午前中に感じを摑んで午後の試技チェックに合わせてください」と話した。

「いつもの倉本コーチと感じが違うぞ」茜は興味津々だった。

茜の調子はよく、器具にもある程度慣れることができていた。

ゆかフロアが日本の器具に比べると少し硬めで合わせるのが大変だった。

「健、ウェルカム、イタリア」入口の方からイタリア選手団が入場して来て年配のヘッドコーチらしき人が両手を広げて倉本コーチに声をかけた。「やー、エリンコンコーチ久しぶり！」

倉本健コーチは、通訳を入れて親しげに話しはじめた。

「これ、どういうこと？」茜はまたまた、倉本コーチを見て驚いてしまった。

「イタリアのコーチとも知り合いなのか？」二人は懐かしそうに話しており、話はなかなか終わりそうになかった。

試合はシニア（国際年齢十六歳以上）とジュニア（十六歳未満）に分かれて演技する。五人チームの各種目ベスト四、四種目の合計得点でチーム戦を競う。

その他に個人総合、種目別も上位六人が表彰される。

ジュニアの部はアメリカ、カナダ、イタリア、日本の四ヵ国対抗戦である。

イタリアのフェラール選手は数年前の世界チャンピオンでありエリンコン氏がそのコーチである。

アメリカはオリンピック・世界選手権を通して負けなしの世界チャンピオンである。

今度は、アメリカのマルタリナ監督と倉本コーチが挨拶を交わしている。

「いよいよ何者?」茜は驚きの連続だった。

倉本コーチはカナダのキクタコーチ（日系）とも親しそうに笑顔で話をしている。キクタコーチとは日本語のようだった。

アメリカの選手はシニア、ジュニアともに強かった。どの選手をとっても日本のトップになれるほどのオールラウンダーばかりで練習からマルタリナ監督の大きな声が飛び、「ボス!」という感じだった。

カナダにレッド・エリザベスという選手がいた。体は大きくて日本ではあまり見かけない体型だが段違い平行棒が強かった。「あんなにでかいのになんであんなにできるんだろう?」茜は驚くことばかりで頭の中がパニックになっていた。

「茜、どうした。ボーッとして、そろそろ帰る時間だぞ」

倉本コーチが声をかけてくれた。

次の日の午後、仮オーダーでチーム練習が行われた。

倉本は今日の演技を見て最終的にオーダーを決定しようと考えていた。

内川美紀選手の段違い平行棒がすばらしかった。内川選手は身長が一六〇センチ以上あり日本人選手としては長身で、手足が長い分段違い平行棒での演技は雄大でダイナミックである。世界に通用する数少ない選手である。マロニー（低棒外向き足裏支持回転から背面で飛び出し高棒に飛び移る技D難度）――パク宙返り――マロニー二分の一ひねり〈E難度〉閉脚イエーガー、下り月面宙返りと各国の選手にひけを取らない内容だった。

茜と篠田晴美はオールラウンダーで内川美紀の段違い平行棒とゆか（床）、阿部みゆきのゆか（床）以外の三種目、宮島理恵の段違い平行棒以外の三種目がチーム得点源となりそうだった。

その日の夜、全体ミーティングの後、コーチミーティングが行われ、倉本ヘッドコーチから試合のオーダーが発表された。それを見た内川美紀のコーチで母親でもある内川ゆりコーチから「倉本コーチ、なんでうちの子は平均台と跳馬がオーダー一番なんですか？」と質問があった。

「それにつきましては、国内の各大会の成績のDスコアと得点結果から決めていますのでチーム戦にご協力ください」と倉本コーチが答える。

内川ゆりコーチはしぶしぶ承諾した。おそらく内川は段違い平行棒と個人総合の上位を狙っているのだと思われた。

「先生、大変ですね！　今日ラウンジで一杯やりませんか？」

と倉本に声をかけたのは阿部みゆき選手のコーチの中川孝志（たかし）コーチだった。

「ああ、いいね」

二人は夕食後二階のラウンジでイタリアの地ビールを楽しんだ。中川は体操クラブを経営している社長で倉本のことをよく知っていた。倉本より若く、体格も元気も良かった。海外遠征もよくいっしょになったことがあり意気投合した二人は飲み足らず、倉本の部屋で深夜まで語り合った。

翌日、午前にはジュニアの大会が行われた。

アメリカはジュニアと言っても他国とのレベルの差は歴然としていた。二番目にイタリアか、そして日本とカナダが三位争いという戦況だった。

日本は跳馬から始まり三種目目の平均台、四番目の篠田晴美が宙返り技で落下した時に泣き出してしまい十秒を超えて演技を中断してしまった。

コーチのセルゲイが早く平均台に乗るようにと声をかけ、ようやく演技が再開されたが、演技が終了してからイタリアの体格の立派な審判長が倉本コーチのところにきて「本当は減点なのですが、友好大会でもありますので今回は減点しませんわよ」と笑って言ってくれた。

最後のゆか（床）でも篠田晴美は満足に演技ができなかった。

茜は奮闘し個人総合六位入賞、内川美紀の段違い平行棒はやはり評価が高く六位入賞、メダルまではDスコア0・3くらいの差だった。そして団体の日本は、アメリカ、イタリアに次いでの三位メダル獲得となったのである。

試合後、日本の帯同審判員である森山さんが倉本コーチのところに来て「茜選手は素晴らしい将来性を持っていると思いますが、ゆか（床）、平均台の表現力という点で見劣りがします。今後コレオグラファー（演技の振り付けを行う人）の指導を受けるといいですね」と言ってその場を去って行った。

倉本もそのことを考えていたところだった。今のゆか（床）、平均台の振り付けは、学生に頼んだもので、振り付けしてもらってからもう三年以上たっており茜もその頃から随分成長してそろそろゆか（床）の曲も動きの美しさも中学生らしいものに変える必要があったのだ。

最終日に参加者全員でベネツィアへの観光があった。水の都として有名な観光地で水路しか交通手段はない。だから島の中は、歩きか、小舟での観光になる。ガラス職人が目の前で馬のガラス細工を作るところを見た。そのでき上がった馬のガラス細工は、しばらくして目の前で大きな音をたてて砕けて落ちた。ガラス職人が温度差で砕けるよう細工をした演出だったのだろうが見ていた観光客は「わー」と大きな歓声を上げた。

両サイドに観光客相手のお店が立ち並ぶ長いくねくねと曲がる通路を抜けて行くと急に広い場所に出て目の前に美しい橋が現れた。

橋の一番高いところまで階段を上って行くと美しい水路が両側に一望できた。観光客を乗せた舟を船頭が漕いで行く姿が幾つも見えた。その美しさは一枚の絵のようであった。

帰りの船の停泊所まで戻ると突然目の前に巨大な豪華客船が現れ、ゆっくりと右から左へ進んで行くのが見えた。その大きさは、動く島のようでもあり、倉本は圧倒されたものである。

第三章　世界選手権大会への出場

茜は中学二年生になった。

四月に東京代々木国立体育館で「全日本選手権大会」が開催され、倉本コーチと茜は東京入りした。

この大会には篠田晴美、内川美紀、加藤杏子らも出場する。

全日本選手権大会初出場の茜は緊張してはいたが、イタリア国際にも出場し経験してきたことを活かし、この大会で自分を試してみたいと考えていた。

茜の得意種目である段違い平行棒そして平均台、両方共Dスコアは日本トップクラスとなっていた。

試合は三班八十四人の出場である。シニア、ジュニア、インカレ（インターカレッジ・サークル）の上位から選ばれている。

全日本選手権大会は世界への入口、体操選手たちの夢の舞台、あこがれの場でもある。オリンピック、世界選手権大会の日本代表になるためには、この大会で上位に食い込み自分自身を大いにアピールしなければならない。反対にこの大会に出場し、夢破れ消えていく選手も数多くいるのも事実なのである。この大会を踏み台にできるのか？　その自分自身との戦いにも勝利しなければ生き残ることはできない。まさに修羅場に茜は踏み込んだのである。

茜は二班目の平均台から試合が始まり平均台、ゆか（床）、跳馬と高得点を重ねた。最終種目の段違い平行棒では、閉脚シュタルダー二分の一、閉脚イエーガー、閉脚シュタルダー、閉脚シュタルダー一回ひねり……月面宙返り下り（D6・1、E8・0得点14・1）をきめ演技を終了した。二班を終了して茜はトップだった。

日本体操協会報道担当の湯川さんが倉本のところにやってきて

「あの倉本さんお久しぶりです。神代茜さんにマスコミの方から囲み取材の希望がきています」

「そうですか、彼女は取材、初めてなんですよ。ちょっと話をしてきます」

倉本は茜のところへ行き

「茜、取材だ。いいかマイナスのことは言わないように注意してしっかり話すんだぞ」と言った。茜は、

「何？　何？　それだけなの、取材って何？　どうしよう？」

今度は湯川さんが茜のところにきて

「茜さん準備はよろしいですか？」

と言って茜を体育館の一番奥の報道各社が集まっているフェンスのところまで連れて行った。

茜はマスコミの人たちに囲まれ困り顔で何やらいろいろ話をしていた。倉本はそれを遠くから眺めながら遅い昼食のコンビニおにぎりをほおばっていた。

最終班の演技を観客席から見る。優勝は中田恵理、茜のあこがれの人だった。茜は小柄な方だが中田恵理はモデルのようにスタイルがよく笑顔も、もちろん演技も素敵だった。

「あー私もあんなエレガントな演技ができればいいのになー」茜はうっとりして見ていた。

電光掲示版に成績が発表された。一位中田恵理、二位、三位……そして五位神代茜、八位篠田晴美、九位内川美紀、十二位加藤杏子……

「オー茜やったぞー」

立ち上がって大声で叫んだのは武パパだった。久美子ママはすでに顔にハンカチを当てて座り込んで泣いていた。茜はおにぎりを食べたまま口をもぐもぐして、

「す、凄い私、五位って、何が起こったの！」

倉本コーチを見る。倉本はまた、いつものように顎を右手でなでながら平然としていた。

「倉本コーチに今、抱きついたら怒るかな？　でもそんな気分！」

茜は最高の気分だった。しばらくして倉本コーチが茜のところに近づいてきて小声で言う。

「明後日の個人総合決勝はあの上位六人、いっしょの班で演技するんだぞ。どうだ、茜、大丈夫か？」（全日本は予選上位二十四人が最終日個人総合決勝で演技し、全日本選手権大会個人総合優勝者が決定する）。

「えー？　私があのオリンピックに出た人たちといっしょに演技するの？　夢？

じゃないよね！」

茜は我に返り現実を受け止めようとしていた。

茜はこの時初めてオリンピックが自分の目の前に現実の物としてぶら下がっているると感じた。「うそ！　私そんなに！　強くなれたの？」茜は、自分の手が震えている事に気が付いた。「私はやる。負けない。諦めない。私は……オリンピック選手に……きっと……なるんだ！」茜は心に誓ったのである。


全日本個人総合決勝当日、茜はもう覚悟を決めた顔つきで練習会場に立っていた。何となく周りの人たちの自分を見る目が違っているようで気になった。

「何だか私、皆に見られている？」

個人総合決勝のオーダーはＦＩＧ（国際体操連盟）の規則で行われる。最終種目のオーダーが下位から上位へ、そして最後の演技者が予選のトップの成績の選手になるように組まれている。

練習が終了し跳馬から演技が始まる。茜は跳馬五番、段違い四番、平均台三番、ゆか（床）二番と試技順が上がって行くオーダーでやりやすかった。

跳馬は、ユルチェンコ二回ひねり、段違い平行棒はミスなく平均台へ。平均台は、今までで最高の演技ができ、倉本コーチとハイタッチ。茜は本番に強い選手だった。

上位六人は、ミスをしなかった。全体にただよう日本代表選手の緊張感は独特で、見ていないようで一人一人がライオンのような鋭い目で警戒感を持って戦況を見つめながら戦っているという感じだった。

そのコーチたちも同じで常に自分の担当する選手の一挙一動に神経を尖らせている。他の大会とは違い、まるでボディガードのようでもある。国内トップクラスの優秀なアスリートの集まりである。

この全日本選手権大会と一ヵ月後に行われる日本代表決定競技会で今年の七月開催のイギリス・グラスゴーオリンピックの日本代表が決定する（茜たちは国際年齢に達していないため除外される）。

最終種目ゆか（床）、二番神代茜。やはり振り付けが他の選手に比べて見劣りする感じが否めない。今後の課題だ。

最終演技者でチャンピオンの中田恵理選手の演技は実にエレガントで日本を代

表する選手の風格をそなえていた。全日本個人総合選手権大会のすべての演技が終了し結果が電光掲示板に表示される。上位は予選と変わらず茜は五位を守った。

六月、日本代表決定競技会が東京代々木国立競技場で行われ、グラスゴーオリンピックの日本代表が決定した。そして七月、グラスゴーオリンピック日本女子は「団体八位」と前回オリンピックから順位を下げた結果となった。

八月、全国中学校大会の試合が始まった。神代茜（中二）、篠田晴美（中二）、内川美紀（中二）、そして加藤杏子（中一）。この四人の戦いが楽しみな大会となった。茜は跳馬、ユルチェンコ二回ひねり5・8、段違い平行棒6・6、平均台6・7、ゆか（床）6・4（変更規則）。茜はDスコアが高くオールラウンダーとしての力を着実に付けていた。結果優勝は神代茜、二位に加藤杏子、三位が篠田晴美だった。この三人の戦いは今後もますます熱いものになっていくだろう。そして内川美紀が四位に入り段違い平行棒は茜と0・1差で二位だった。

加藤杏子のゆか（床）はシリバスを成功させ後方伸身二回宙返り、後方二回半からの前方一回などのアクロバットで断トツの優勝、他を寄せ付けなかった。跳馬はユルチェンコ二回ひねりでゆか（床）と跳馬は日本代表選手よりも勝っていた。

加藤杏子のコーチは大田和也（かずや）という。

倉本コーチと茜は、来年の全日本選手権大会に向けて練習を開始した。

Dスコアアップを目指すが、やはり森山審判が言ったコレオグラフィーのことが気にかかる。「誰かいい人はいないものか？」倉本は思い悩んだ末、山田部長に相談を持ちかける。

「そうだな、いないこともないが承諾してくれるか一度私が話をしてみるよ」と山田は言ってくれた。

数日後、山田が体育館に来て倉本を部長室に呼んだ。

「この前のコレオグラファーの件だが。橋田美香（みか）さんという可児市で大人の健康体操教室、エアロビクスダンス、バレエ教室を経営している人が一度来てくれるそうだ」倉本は「ありがとう、山田は、顔が広いな！」と感心して見せた。

橋田美香さんが大学の体育館にやって来たのは、十月に入って間もなくのことだった。部長室で山田総一郎、倉本健、神代茜が出迎えた。

橋田美香さんは四十歳くらいの姿勢のいい女性だった。「私は、体操の振り付けということをやったことはないんですが、テレビや新聞で神代茜さんの演技をみたりして興味はあったんです。体操の演技を見てバレエやダンスなどと共通するところもありそうなので、なんとかなると思います」と言ってくれた。

大変明るい感じの人でとっつきやすかった。費用はゆか（床）の振り付けと平均台とそれぞれ話がついた。うまく行けば大学生も引き受けてくれるということで毎週水曜日の夜に来ることになった。

茜の振り付けのための橋田美香先生のレッスンが毎週水曜日にはじまった。

ゆか（床）の曲はアメリカから取り寄せ二曲用意された。倉本は二つの曲を聴き比べ「二つ目の曲（W・O・G／Dreams are necessary to life）でお願いします」と言った。

倉本は青田愛のことを思い出していた。世界選手権出場二回、オリンピックも確実というところまで育てたが、東京のクラブに突然移ってしまった。

この曲は、全日本選手権や世界選手権、ついにはオリンピックをも戦うにふさわしい気品ある曲だったのである。

橋田美香のレッスンは激しかった。

「もっと茜、そう、そこは、感情をこめて、ハイ、ダウン、ダウン、アップ、アップ、そう、ここは、ハイ！　軽快なステップ……」

倉本には到底できないレッスンだった。

「さすがですね！　素晴らしいです」と倉本が橋田に話しかける。

「茜さんには世界へ行ってもらいたいものね！　私も精いっぱい頑張ります」

額に汗を見せて水分を摂りながら彼女は「まだまだ！」と続きのレッスンに入って行った。

こうしてゆか（床）の演技が完成し体育館で発表会が行われた。

大学生男女総勢三十名、神代茜の両親もやってきた。そして担任の水野真理先生も……山田総一郎部長が橋田美香先生の紹介をする。そして神代茜の登場、フロアのほぼ中央まで進み茜が最初のポーズをとる。

ゆか（床）の曲が体育館に流れる。優しい始まり、そして力強い曲調に変わっていく。茜が体全部を使って動く、ステップを繰り返す。ジャンプのシリーズ、そして最後のアクロバット、最後も動きは強く感動的に終わる。拍手「いいぞー！　茜！」武パパの叫び声。照れくさそうに茜は橋田先生のところに行く。

「頑張って！　茜さんは一人じゃないんだから」

その後も橋田美香先生は水曜日の練習に来て茜のゆか（床）と平均台の指導だけでなく大学生の一人一人に曲を選び振り付けし、平均台とゆか（床）のコレオグラファーとしての存在感を増して行った。


茜は日本代表選手最終選考会において五位入賞したことでナショナル選手（日本代表選考会での上位十二名）に認定され、十二月のナショナル合宿に参加した。ジュニアナショナル選手の上下ウェア（Bジャージ）ではなく今度は、日本代表選手が着ているのと同じ上下ウェア（Aジャージ）が支給された。茜は上機嫌だった。グラスゴーオリンピックのメンバーといっしょに練習することになった。

最初の挨拶は四年後開催のサンパウロオリンピックの本部長・王山恵子さんだった。

「四年後のオリンピックはもうすでに始まっています。皆さんはその胸についている日の丸に恥じぬようしっかり練習をしてサンパウロオリンピックに向かってください」と挨拶した。

茜はその言葉が胸に突き刺さった思いだった。「次は私たちが戦う番だ」茜は心に誓った。しかし、倉本は心中複雑だった。青田愛選手が移籍して行ったクラブが王山恵子先生のクイーン体操クラブだったからである。

しかし茜が通う岐明大学付属中学は高校までの一貫教育であるためクラブの移動はないだろうという安心感はあった。倉本は茜に手招きをして呼び、他の人に聞かれないように「跳馬のチェソビチナ（前転とび前方伸身宙返り一回半ひねりD6・2）を練習するぞ」と言った。

床置きの跳馬の向こうにある一メートル五十センチほどに高く積んだマットの上に助走から伸身宙返りで跳び乗る。次に跳馬を両手で突いて台の上に立つ、次はウレタンプールの跳馬で前転とびからの伸身宙返りを倉本コーチの補助で行う。

そして伸身半ひねり、次に一回半ひねりという順に練習を毎日行う。

倉本の補助なら何でもできてしまいそうであるが茜の体重が軽い内にいろいろな技を教えておく必要があった。チェソビチナは、一週間の合宿の中でだいぶ形が整ってきた。岐明大学に戻ればこんな贅沢なセットでの練習はなかなかできないのでこのタイミングだったのである。

「この跳馬を完成させればDスコアの四種目合計が日本のトップになる」

倉本は自分で決めたやるべきことを進めていた。それは、茜と同じく世界で戦うための準備だったのである。

茜が世界で戦える選手になるためには、世界のトップレベルのDスコアを身につける必要があったのである。「世界に出る」だけに終わってはいけない。倉本は、過去の経験からそのことは認識していた。茜には、そうした世界のトップ選手と戦える日本人選手となってほしかったのである。

茜は中学生最後の年を迎えていた。五月の全日本選手権大会個人総合四位、六月の日本代表決定競技会（JBA、日本放送協会杯兼日本代表決定競技会）個人総合初優勝、八月の全日本ジュニア選手権大会個人総合初優勝、全国中学校大会個人総合三連覇と最高の年だった。八月は全国大会が集中する。

八月の終わりには北九州市でインカレが開催されており岐明大学体操部男女が出場していた。

倉本は自宅で大会結果を知らせる電話を心待ちにしていた。夕方になって電話が鳴った。山田部長からだった。「倉本、今、二部校の団体表彰式が始まるところだ。おまえには、一番先に伝えたくてな！　岐明大学体操部は、男女共二部校団体優勝したぞ！　お前のおかげだ！　本当にありがとう」

電話は、男子監督の桑田誠、女子監督の斉藤さきにも代わり、二人とも感動のあまり涙声になるところもあった。倉本の毎週の入念な演技チェックが功を奏したところが大きかった。

無駄をなくし攻めるところは、攻める。学生たちも自分たちの練習を見直し、夜遅くまで練習に取り組んでいた、ふたりの監督も学生たちと同じ時間を過ごし、しばしば衝突することもあったようだが目標を男女一部校昇格に置きよく頑張った。その成果であったのである。

倉本は電話を置き、ホッとため息をついた。一つの仕事をやり終えた安堵感のようなものが倉本を包んでいた。「こんな時に妻や子供がいてくれたら」倉本は自分の過去にひき戻されながら好物のビールをコップにつぎ、一人祝杯をあげた。

「おめでとう！　学生たち！」


中学三年生の夏が終わり、倉本と茜は来年の大会に向けての練習に取り組んでいた。その日は、朝から雨が降っていた。九月だが、かなり気温が下がっており体育館の暖房を入れたほうがいいか迷うほどだった。

茜が平均台に入り演技練習の三本目だった。茜が「倉本コーチ、演技チェック、お願いします」と言い手を挙げる。倉本がそれに応えるように手を挙げた。

ロンダート（側転¼ひねり）、後転とびあがり、前後ジャンプ、後転とびからの後方開脚伸身宙返り連続……そして下り技、ロンダートで平均台を蹴った瞬間、倉本が「アッ！」と声を出した。茜のロンダートが歪んでいたからだ。茜は屈身二回宙返りを回り切れずマットに叩きつけられたのだ。

「アー！　痛い！」

茜が左足を両手で摑んだまま動かなくなってしまった。

「氷、氷！」

学生が製氷機からビニール袋に入れた氷を持ってくる。倉本は茜の左足を氷で冷やしながら「いかん、腫れてきた」と声に出して言う。

茜の左足の甲の部分が紫色に変色し、みるみるうちに腫れてきたのである。

「茜の服と荷物を持って来てくれ！」

倉本コーチは自分の車に茜を乗せて車で十五分ほどの藤倉病院に連れて行った。武パパと久美子ママも間もなくして到着した。

茜が診察室に呼ばれる。車いすに乗った茜と武と倉本が木村医師の話を聞いた。

「左足薬指の中足骨（ちゅうそっこつ）の辺りが一ヵ所骨折していますね」木村医師はレントゲン写真を見ながら説明する。「少し斜めに折れているのですぐに手術をします」と言い保護者の承諾書への記入を促した。

数時間後、手術が終了し木村医師は「三、四週間固定、リハビリ、完治まで三ヵ月くらいですかね」と極めて冷静に伝えた。

「体操の神代茜さんですね？」と最後に付け加えた。

武と久美子は動揺を隠せなかった。倉本は、顎を触りながら何も言おうとしなかった。

茜はベッドに横になり、黙って涙をこらえながら天井を見て何も話そうとしなかった。

次の日から倉本は体育館で学生の指導をしながら茜を待っていた。茜は自宅の部屋からあまり出てこなくなり、学校には行くものの体操の練習にはなかなか足が向かなかった。

今までがあまりに順調であったことと大きな怪我が初めてであったこと、体育館に行っても練習ができないこと、友だちやご近所の目が気になることもあるようだった。

体育館に行ってトレーニング等するが足が使えないとなると腹筋、背筋、腕立て伏せ、クライミングロープ登り、などできることは限られており、時間をもてあまし退屈だった。

倉本はトレーニングメニューを出してあとは見守るしかなかった。

倉本は茜と年齢が離れていることや、生徒とはいえ女性であることから、あまり接近して指導することにためらいもあったのである。こういう時、男性コーチと女子選手、特にマンツーマンは厄介なのである。

一ヵ月が経ち足の固定が取れて自分の力で少しずつ歩けるようになったが茜の表情は暗かった。

倉本が「茜どうだ、そろそろ段違い平行棒から始めてみるか？」と声をかけるが茜は目をそらして答えようとしなかった。

ある日のことである。体育館に入る茜を見たが一向に体育館に現れないので倉本が「茜は、どうした？」と聞くと学生マネージャーが「ロッカールームで座り込んで出てきません」と言う。

倉本はその日もじっと我慢を通した。久美子も武も困り果てていたのである。

担当医の木村医師の診断では二ヵ月が経過しており、もう骨には問題ないのでできることからやり始めてください、ということだったのだが、一向に始める気配はなかったのである。

そんな状況が続いたある日のことだった。茜がやっと体育館に入ってきて、体を動かし始めプロテクターを着けて段違い平行棒まで来ると立ち止まり突っ立ったまま下を向いて動かなくなった。

しばらくして急に茜が大声で、

「ワーッ」

「どうせ、私なんかもうだめなんだから！」

「もう、いなくなってしまったほうがいいんだよね！」「どうして、誰も声をかけてくれないの！」

茜が突然大声でわめきだしたのである。体育館にいた選手たちは、何ごとが起こったかとみんな動きを止めてしまった。倉本が駆け寄り、

「いい加減にしないか！　今までみんなが声をかけなかったのは、おまえが自分からやり始めるのを待っていたからなんだぞ！」

「コーチだって私のことをもうだめだと思っていますよね！　はっきり言ってよ！　そのほうが私だってせいせいするんだから！」

吐き出すように茜が言う。茜の目から涙がボロボロとこぼれる。

「もういい、体操なんかやめてやる！」茜は着けていたプロテクターを外して床

に叩きつけた。

「そうか！　それならやめるがいい！　茜が今まで積み上げてきたものはその程度のものだったのか？　目標はなんだ！　オリンピック選手になることじゃなかったのか！　一度怪我をしたくらいで投げ出すなんてそれでも日本を代表するアスリートなのか？　よーく考えてみるがいい！」

倉本は厳しく叱ったのであった。突然、茜はその場から不自由な足で走り出しロッカールームに立てこもってしまった。学生マネージャーが追いかけようとしたが「ほうっておけ！」倉本はそれを止めた。倉本は体育館の椅子に座ったまま茜を待ち続けた。

しばらくして茜が倉本の前に立った。

「コーチすみませんでした。私の我儘（わがまま）でした。これからもう一度心を入れ替えて一からやり直しますのでコーチ、お願いします」

茜はようやく立ち直ったのである。

五月の全日本選手権大会まであと半年しかない。倉本と茜はトレーニングからやり直し完全復帰を誓ったのである。

年が明け、茜は高校一年生となり国際年齢（十六歳）に達した。ここまでの間に海外遠征や合宿も数多くこなし、全日本選手権大会では常に三位以内をキープし今や日本女子体操界のエース的存在となっていた。

茜は、足の怪我からみごとに復帰し、この年五月の全日本選手権二位、ＪＢＡ杯も二位となり、十月に東京で開催される世界選手権大会の日本代表（初）となったのである。

九月二十五日、倉本と茜は東京で開催される世界選手権大会に出場するため出発した。

茜は出発五日前の練習で右手の中指と薬指を故障しており万全の状態ではなかった。

そのため十月四日、ポディウム（九〇センチくらいの高さの演技台）練習が行われたが茜は段違い平行棒の演技が満足にできなかった。篠田晴美、加藤杏子、井口若菜(わかな)、嵯峨野ゆう、平倉ゆうみの調子は良かった。王山恵子本部長は、このポディウム練習での各選手の演技の仕上がり状態を見た上で各種目の出場選手と試技順を決定しようと考えていた。

その夜コーチミーティングがあり茜はゆか（床）と跳馬の出場と発表された。

倉本は「平均台もできます」と王山恵子本部長に食い下がったが「篠田・加藤・井口・嵯峨野の四人は全種目、平倉ゆうみ、段違い平行棒と平均台、神代茜、ゆか（床）と跳馬で行きます」と倉本の意見は通らなかった。

茜の指は会場入りしてからかなり回復しておりプロテクターもはめられるようになり、段違い平行棒の練習が本格的にできそうなまでになっていた。

倉本は、毎日、山木トレーナーの治療に立ち会い意見を聞いた。山木トレーナーは「もう段違い平行棒の練習もしっかりできるんじゃないですかね、腫れも引きましたし、可動域も問題ないですからね。どうですか？」と山木は茜に聞いた。

「大丈夫です。明日、段違い平行棒の演技練習をやってみます」

茜はみんなに申し訳ないという気持ちでいっぱいだった。次の日から茜の段違い平行棒の演技練習が始められた。

十月八日、日本女子団体予選当日、試合前のサブ会場練習にはコーチ五人分のＩＤカードしかなく、倉本と平倉ゆうみのコーチである中浜コーチは自分の担当する選手の出場種目、各二種目ずつを一枚のＩＤカードで交代で指導することになった。

倉本は最初の二種目のゆか（床）と跳馬の練習が終了し、サブ会場から外に出て中浜コーチにＩＤカードを渡そうとした。中浜コーチに「倉本さん、茜選手ですが段違い平行棒と平均台は何をしておけばいいですか？」と聞かれた倉本は「そうだな、正選手の邪魔になってもいけないので平均台は二回目のチェック、段違い平行棒は車輪等の基礎練習でお願いします」とお願いした。

そして日本女子の団体予選が始まった。東京体育館は予選だというのに日本選手が出場するということで二階席まで満員で三階席にも多くの観客が入っているのが見えた。

倉本コーチ、中浜コーチは練習が終了し本番前、観客席に上がった。

試合に帯同するのはボッラーヘッドコーチ、アリーネチームリーダー、山木トレーナーの三人だった。

日本チームは一種目目の平均台を全員ノーミスという好調なスタートを切った。二種目目、ゆか（床）、茜はここからの二種目が出番である。

三分アップそして本番、茜は四番目の演技、月面宙返り、二回半――一回……最後の屈身二回宙返りまでしっかり決める。

〈D5・9　E8・0（合計）得点13・9〉

最後の演技者は、加藤杏子選手だった。勢いのいい助走からシリバス、後方伸身二回宙返り……ラストの屈身二回宙返りまでしっかり決める。

〈D6・1　E8・6（合計）得点14・7〉

三種目目跳馬、茜は試技順ラストで完成したチェソビチナを跳んだ！　着地が決まった瞬間、大歓声が起きた。

〈D6・2　E　8・8（合計）得点15・0〉高得点だった。

そして最終種目・段違い平行棒、チーム四分十秒のアップが開始された。一番目の平倉ゆうみ選手の練習の時に事件が起きた。

高棒から低棒に飛び移るパク宙返りで低棒に手をついた瞬間、平倉ゆうみ選手は「アッ！」という声を出したかと思うと左手を押さえたままその場にうずくまってしまった。

山木トレーナーが駆け寄りボツラーヘッドコーチに「ダメダメ！」と演技続行不可能であるというジェスチャーをして平倉ゆうみ選手を抱えて演技台から降りて退場してしまった。その瞬間、倉本の隣に座っていた加藤杏子の現在のコーチである瀬川恭子コーチが倉本に「倉本さん、早く、茜選手に練習させなきゃ！」と大声で叫ぶ。その声に倉本はとっさに立ち上がり、

「茜、ウェアを脱いでプロテクターを着けて練習するんだー」と大声で叫ぶ。館内は、騒然とする。茜は何が起こっているのか分からなかったがとにかく倉本コーチの言う通り急いでプロテクターを着けてポディウムの上に上り、段違い平行棒の最後の順番に入り練習をした。しかし、ほとんど練習にはならなかった。

アリーネチームリーダーは、段違い平行棒のD1（主審）のところに駆け寄り、選手の交代を告げる。

茜は最後の五番目の演技者ということになった。倉本は観客席から立ち上がり、

階段を駆け下り、試合会場の中に入り込み、段違い平行棒の仕切りのところまで行き「茜！　大丈夫！　いっぱい練習して来たからぶっつけ本番でもお前ならできる」と茜に声をかけた。

茜は身震いする体を落ち着かせ目を閉じた。今までの練習の光景が浮かんできた。ママもパパも倉本コーチもみんないる。「私はきっと、できる」茜は両手を握りしめる。

そして茜の番が来た。ポディウムの上に上がる。段違い平行棒の前に立ち、レッドランプがグリーンランプに替わるのを待つ。

館内に一瞬静寂な時間が流れる。もう他の種目は、すべての選手の演技が終わっていた。つまり演技をするのは茜ただ一人。体育館にいるすべての人の目が茜に集中した。茜が手をあげ「ハイ！」と大きな返事をする。そしてバーに飛びつくと「バシッ」と館内に響き渡る。高棒で閉脚シュタルダー二分の一ひねり、閉脚イエーガー、閉脚シュタルダー、閉脚シュタルダー一回ひねり、フットトカチェフ、[注7]パク宙返り、マロニー二分の一ひねり、……月面宙返り下り、ドンという大きな音と共に着地が決まる。「キャー」かたずを飲んで見守っていた大観衆の悲鳴とも取れる大歓声が上がる。
茜は、ポディウムから降り、チームメイトにもみくちゃにされる。みんな泣いている。そして電光掲示板に団体の結果が映し出される。
日本は団体予選五位だった。

この事件があり次の日のスポーツ新聞の一面には「日本の救世主十六歳」などと茜の演技写真がでかでかと載ったのである。
東京世界選手権は団体決勝で日本女子七位、茜は種目別段違い平行棒決勝に出場し五位入賞となったのである。

茜は高校二年となった四月に全日本選手権大会三位、五月にはＪＢＡ杯三位となり、ロンドン世界選手権大会の日本代表となる。

十月十二日、日本女子選手団は、世界選手権ロンドン大会に向けて日本を出発した。

田舎の一人暮らしの初老の男性だった倉本はついに体操世界選手権大会のヘッドコーチに就任したのである。

代表メンバーは、杉村愛（あい）、篠田晴美、神代茜、湯川さら、内川美紀、宮内りん、加藤杏子の七名。

王山恵子サンパウロオリンピック強化本部長は現地に入り、そこで出場メンバーを最終決定するという。

現地到着後、時差調整合宿を行った後、十月十八日より大会会場での練習に入った。この大会は次の年に行われるサンパウロオリンピックの予選となっているため大変重要な大会となる（本大会団体八位までがオリンピックの団体出場権を獲得する）。

ＪＢＡ杯優勝の杉村愛選手は昨年・一昨年と十一位、十二位の選手であったが今年は大ブレイクした選手である。

宮内りん選手は、今年の全日本個人総合選手権大会とＪＢＡ杯でゆか（床）、跳馬の二種目で一位の成績を収め、ゆか（床）と跳馬での代表入りとなった。また内川美紀選手は段違い平行棒、湯川さら選手は、平均台を得意とする選手である。篠田晴美は、小学6年のU—12大会の時から共に戦ってきた同志とも言える選手で大の親友でもある。加藤杏子は、一つ歳下ではあるが茜と共に日本女子チームのトップ選手として世界で活躍できる頼もしい存在である。そして茜は、今回初めての主将ということでいつになく緊張していた。

杉村愛、篠田晴美、神代茜、加藤杏子の四人はオールラウンド選手であると言える。

十九日、ポディウム練習が行われその夜メンバーが発表された。杉村愛、篠田晴美、神代茜、湯川さら、宮内りん、加藤杏子の六名である。

内川美紀は選出されなかった。

二十三日、日本女子の予選大会の日になった。

武パパ、久美子ママ、そしてコレオグラファーの橋田美香さんもロンドンまで応援に駆けつけてくれた。「嬉しい！」茜は大喜びだった。美香さんは倉本と茜に「ハイ！」と言って手作りのお守りをくれた。「ワー、可愛い！」茜はそのお守りを手に満面の笑みを見せた。倉本は、「ありがとうございます。精いっぱい頑張ります」とだけ答えた。

試合の班は全部で十二班あり、日本は第二班だった。跳馬から始まり湯川さら、篠田晴美、加藤杏子と順調だったが四番目の茜がチェソビチナの着地で前に手を着く痛恨のミス。先行きが危ぶまれたが段違い平行棒、平均台とミスなく最終種目ゆか（床）へ。一人目の湯川さら選手の演技は日本的な音楽が奏でられ観客の注目を浴びた。足を持った二回ターンからの一回転ターン、後方伸身三回ひねりも決まり、観客の目が日本の演技に集まり始めていた。

二人目の篠田晴美選手の時には、会場からどよめきのような歓声が上がり始め、三人目の茜、四人目の加藤杏子、ラストの宮内りん選手の時にはすべての観客が日本を応援しているかのようであった。それほどこの日本チームからはこの試合を通してお互いを励まし合い、ミスも皆でカバーして行こうという素晴らしいチームワークが見て取れたのであろう。

日本は二班を終了して強豪国ルーマニアも抑えトップに立ったのである。

ところで宮内りん選手がゆか（床）で獲得した〈14・633〉という得点はゆ

か（床）の種目別に残ることができる高得点なのではないかと思われた。

伸身の月面宙返り、伸身前宙から前方抱え込み二回宙返り、シリバス、伸身二回宙返りというアクロバットの演技だったが素晴らしい出来だったのである。

日本の個人トップは加藤杏子、茜は跳馬のミスがあり得点を落とし、個人総合決勝への進出が危ぶまれた（個人総合決勝は二十四名・各国二名まで）。

次の日の夜遅く女子予選がすべて終了し、日本女子はアメリカ、ロシア、地元のイギリス、中国、イタリアに次いで六位に入賞したのである。

これは団体決勝進出と同時に来年行われるサンパウロオリンピックの団体出場権を確実にしたということであり、この大会での大きな目標を一つクリアしたことになる。

倉本はほっと胸をなでおろした。ヘッドコーチを引き受けたものの成績が悪い時のことを考えると申し訳なくて、とても胸を張って日本へ帰る気はしないだろうと考えていたのである。「やはり日の丸日本代表というものは、つくづく大変なことだ」実感をもって倉本は一人つぶやいたのである。

個人決勝へは加藤杏子選手が十位、茜が二十一位とギリギリで通過した。そして初出場の宮内りん選手が種目別ゆか（床）決勝になんと二位という好順位で残ったのである。

二十七日、女子団体決勝。団体決勝は、六人の選手のうち各種目三人が演技し、ベストスリーの得点で団体総合を争う。つまり演技したすべての得点が団体得点に生かされるという規則となっており選手に「絶対ミスをしてはならない」という大変大きなプレッシャーがかかるのである。

茜は主将という役割を重く感じていた。

「団体予選では一種目目の自分のミスで皆を不安にさせてしまい、またみんなに助けられ予選を終われたけれど決勝ではもうみんなに迷惑はかけられない、日本チームは私が引っ張るんだ！」と、茜の決意は、固かった。

団体決勝一種目目、平均台の一番、加藤杏子は後転とびからの後方開脚伸身宙返りでまさかの落下。加藤はここまで好調だっただけに衝撃だった。二番・茜、後転とびからの後方開脚伸身宙返りの連続で落ちそうになるがこらえて、下りの屈身二回宙返りまでもっていく。三番・湯川さらはこの平均台だけの起用だったが落ち着いた演技でふらつきもなくチーム最高得点を出し、この世界戦を締めくくった。

一種目目を終わって日本は団体七位だった。

二種目目・ゆか（床）、茜と加藤杏子の得点は〈13・966〉と同点、そしてゆか（床）種目別決勝を決めている宮内りんは〈14・633〉と得点を伸ばす。

三種目目・跳馬、試合前に茜が珍しく倉本のところにきて「あの……」と言いかけると倉本は察したように「跳馬のことか？」と返すと茜は、「もうチームのみんなに迷惑をかけたくないので団体決勝は伸身ハーフにしていいですか？」と言った。倉本は承諾した。茜も主将としてつらい選択であったと思う。ここはリスクを背負わず安全に行くことが賢明であった。

跳馬は茜〈14・600〉、加藤杏子〈15・066〉、宮内りん〈15・166〉と高得点で乗り切った。

　そして最終種目である段違い平行棒、一番加藤杏子〈13・966〉、二番の杉村愛はこの段違い平行棒だけの起用であったため、出番までサブ会場で長い時間合わせての会場入りとなりこの興奮した最終種目の場の雰囲気に自分を合わせるのは至難の業であったと思われる。アップではもたつき不安が見えたが本番はさすがに自分の演技をやりきり〈14・233〉。そして最後の演技者の茜は信じられないくらいに落ち着いていた。

　鉄棒が大好きで体操をやり始めた少女は今、日本代表選手として世界と戦っている。こんなところで負けてたまるか！　そんな思いが茜を奮い立たせていた。茜はレッドランプがグリーンランプに替わると勢いよくロイター板を蹴って段違い平行棒の高棒に飛びついて行った。もう何も考えていなかった。空中を舞うように次々と技を繰り出しそして茜の演技は終了したのである。〈14・225〉

　団体決勝はすべての演技を終了した。一位はアメリカ、二位中国そして三位に地元イギリス、四位ロシアそして日本。日本は五位入賞を果たしサンパウロオリンピックに望みをつないだのである。

二日後、個人総合決勝が行われた。加藤杏子は段違い平行棒から、茜はゆか（床）からのスタートだった。加藤杏子は茜より先に全種目ノーミスで終了した。

茜はゆか（床）で少し着地が不安定となったが、跳馬では予選で失敗のあったチェソビチナに挑み見事に成功、段違い平行棒もしっかり決めた。そして最後の種目、平均台、下りの前まで順調だったが、屈身二回宙返りの着地で転倒してしまい、着地のポーズを取った後、平均台の演技台から降りたところで泣き崩れしばらく動くこともできなかった。

倉本もかける言葉もなくしばらく寄り添っていたが退場のコールがあり退場口まで二人で行くと係員がしきりに「エイト、エイト」と呼んでいる声がした。八位入賞者は表彰式がありますから会場に残ってくださいという意味だったのである。電光掲示板を見ると一位バイル、アメリカ、二位ダグラム、アメリカ、……六位加藤杏子！「加藤杏子は八位入賞だ！　すごい！」そして九位に神代茜であった。

なんとあの平均台のミスがなければ五位くらいにいたのではないかと思われ大変悔やまれたのである。倉本はヘッドコーチでもありながら茜のコーチでもあるため複雑な心境であった。茜は九位であと一つ上の八位だったら入賞、というところで悔いを残したまま、この世界選手権大会を終了したのである。

十一月一日、種目別選手権後半の女子ゆか（床）があり予選二位だった宮内りん選手に本大会日本女子初のメダルの期待がかかった。

この日、宮内選手に帯同したのはクラブのコーチである和泉裕也（ゆうや）コーチだった。宮内りんは、緊張していた。日本選手ただ一人種目別に出場するということで今までとは違う緊張だったのである。宮内の番がくる、グリーンランプに替わる。手を挙げて、ゆか（床）フロアに入って行く。曲が鳴り始め動き出す宮内、最初のアクロバット、伸身二回宙返り一回ひねり〈H難度〉、少し着地で動く、前方伸身宙返りからの前方抱え込み二回宙返り（B＋E０・２の組み合わせ加点）、ダンス系の技、後方二回宙返り二回ひねり〈H難度〉そしてラストの伸身二回宙返り〈F難度〉。日本女子にはかつてない素晴らしく難度の高いゆか（床）である。得点がでる。〈14・９３３〉、４位！　三位メダルの15・０００にわずか０・０６７及ばなかったのである。

倉本は今年六十一歳になる。茜の指導を頼まれた時は五十一歳だった。最初は一度断念した夢をもう一度追いかけるということに一歩踏み出す勇気が湧かなかったが、茜の無邪気に体操に取り組む姿を見たときに「この子なら夢を叶えてくれるのではないか？」と考えを改めたのである。自分の年齢、そして茜の年齢を考えるとき翌年のサンパウロオリンピックが倉本の最後の大仕事となるだろうと考えていた。だからこの大会は、何としてでも来年のオリンピックへの足掛かりにしたかったのである。今度こそ自分の教え子と共にオリンピックに行く！それが倉本の長年のコーチとしての夢であり、目標だった。

久美子はロンドン世界選手権大会の団体決勝が終わると武と二人で帰国の途に就いた。娘の茜が日本から遠く離れた異国の地で日本代表として堂々と演技し活躍している姿を目の当たりにして体が震えるほどの感動を覚えたのである。あの時倉本コーチに出会わなかったとしたら今のあの茜の姿はなかっただろう。私は、倉本コーチになんと感謝の気持ちを伝えればいいのだろうか……。

久美子は飛行機の中で武に決意したように「私、倉本コーチの奥さんの居場所を探すわ！」と言った。だがどのように探せばいいのか見当もつかなかった。「探偵でも頼もうかしら？」いや、まず自分でできることはやってみようと帰国後、まず倉本コーチの前の職場である岐阜ＡＯＩ体操クラブに電話をかけた。「さあ、奥さんのことまではわかりかねますね、倉本コーチ本人にお聞きになった方がよろしいのでは？」と女子職員は言った。「それができたら何も苦労はしないわよ！」久美子は思った。

今度は、倉本コーチの住んでいる桂山に出向き、倉本コーチのご近所の人に聞いて回ったが情報はなかった。ただ一つ倉本コーチの奥さんには親しい友人がいてそれは御嵩町（みたけちょう）の南団地に住んでいる芳村という人だということが分かった。久美子はその団地に行くことにした。

南団地に芳村という家は一軒しかなく、比較的簡単に見つけることができた。芳村さんの家のチャイムを鳴らす。「はーい」中から元気そうな声が聞こえてくる。玄関ドアが開いて五十代後半と思われる女性が現れた。「あのーつかぬことをお尋ねしますが倉本さんという方をご存じでしょうか？」見ず知らずの人が尋ねて来ていきなり突っ込んだ質問をするのでその女性は驚いた様子だったが「はい、存じていますけど倉本さんとどのようなご関係の方ですか？」と今度は女性の方が聞く。

久美子は事情を話し倉本コーチの奥様に会ってお話をしたいので連絡先と住所を教えてほしいということを伝えた。

「そうですね、おっしゃっていることはよく分かりましたが倉本さんの奥様があなたにお会いになるかどうかは私では判断しかねますので……ちょっと待ってください」芳村さんは携帯電話を持って来て「それじゃ、私が倉本さんに連絡してみますね」とその場で倉本コーチの奥さんに電話をかけてくれた。しばらくして電話を切ると「お会いになるそうです。今、住所をお教えします」と言ってくれた。

倉本コーチの奥さんは西可児(にしかに)に住んでいた。その日の夕方、久美子は倉本コーチの奥さんの家を訪ねた。所どころ錆びついた古いアパートだった。倉本さんの部屋は二階だった。チャイムを鳴らす。女性の声で「ハイ、今行きます」と応答があった。

しばらくして扉が開き、五十代後半の小太りの女性が現れた。「初めまして、私、神代と申します。……」倉本コーチの奥さんは久美子の顔をまじまじと見て不機嫌な表情を隠そうともせず邪魔くさそうな態度を取ったが「まっ、とにかく、立ち話もなんですので、狭いところですけど上がってください」と中に入れてくれた。

二人は奥の畳の部屋で向かい合って座った。母と娘の二人暮らし。生活に必要な物は一通り揃っているようだがカーテンや置いてある物も高価な物は見当たらず、生活は苦しそうに見えた。

「私は倉本の妻で静代といいます。どういったご用件でしょうか」静代が聞く。

久美子はこの期に及んでもまだ自分のしているお節介な行動に自信が持てないでいた。「分かってる。人様の家庭の事情など人それぞれなのだ。ましてや夫婦間のことに見ず知らずの私が立ち入っていいわけがない。……でも倉本コーチは、確かに家庭のことでひどく後悔している。私は……元に戻してあげたいのだ」

「私には茜という一人娘がおりまして」と聞いた途端に倉本の奥さんは、

「マーあの体操日本代表の神代茜さんのお母様ですか？」

と大きな声をだして驚いた。

「ご存じなんですか？」

「そりゃもう可児市民ならみんな知っていますよ！　今も確か、世界選手権に行ってらっしゃるんですよね。個人総合では平均台で失敗をしてしまってさぞお辛かったでしょうね」

　久美子は「それで茜はあなたのご主人に小学三年生から現在まで指導を受けて今のように立派な日本代表選手にしていただいたんです」

「そうなんですか？」静代の顔色が急に変わった。そして静代は続けた。

「新聞やテレビで見て主人が指導しているということは知ってはいましたけど。でも、今は夫婦といってもいっしょに暮らしているわけではありませんからね」

静代の態度は急に厳しくなっていった。久美子は姿勢を正し深々と頭を下げて、

「奥様、私たち家族は倉本コーチのおかげでたくさんの夢を見させていただきました。来年はいよいよオリンピックがありそのオリンピックに向けて娘をサポートして行きたいと考えています。そこでお節介なお願いがあるのですが……」

　この世界選手権から倉本コーチがお帰りになったら一度会う機会を奥様に作っていただけないかと思い今日、勝手なお願いに上がりました。

ご家族に何があったのか私にはわからないのですが、倉本コーチは時折寂しそうなお顔をされることがあり、ご家族の方とお会いしたいのではないかと……もう二度と会うことはないとおっしゃるのでしたら仕方がないのですが……。私の娘は倉本コーチから多くの時間と労力をかけていただき大変幸せだったのですが、それに対するお返しというか、私たちに何かできる恩返しというようなことができないかと考えたところ、私にできることはこのようなことしか考えられなくてどうかお願いです、一度会っていただくわけにはいかないものでしょうか？」

静代は複雑な心境だったのである。確かに今の娘との生活は苦しかった。夫が会社を辞めてからの人生を捨てたような生活態度には、我慢がならなかった。だから娘を連れて家を出たもののすぐに生活に困るようになった。静代は、正座をしたまま膝の上に置いていた両手がぶるぶると震えるのを覚えた。その手に大粒の涙が落ちた。

しばらくの沈黙の後、静代は「そうですね、このまま離れ離れでの生活が正しいとは私も娘も……。実は、娘もここでいっしょに住んでいるんですけどね。でも主人からは長い間、何の連絡もありませんしね……」

「そこをなんとか、私に免じてお願いできませんか？」久美子は震える声で嘆願する。

「あなたも相当お節介ですね、いいですよ、どうなるかわかりませんが会ってみます」と涙を拭きながら、でも半分笑って言ってくれた。久美子は帰り道複雑な心境だったがやってしまったことはもう取り消せない、倉本コーチが帰って来たら二人を会わせてみようと決意は固かった。


十一月三日、倉本コーチと茜は帰国し、夕方多治見駅に着いた。武と久美子は車で迎えに行き久美子が倉本コーチに「お疲れ様でした」と言い武が二人の荷物を車に積んで「ご自宅まで送っていきます」と車は発進した。

車の中では茜が世界選手権のことをいろいろ話して聞かせてくれた。しかし、個人総合の最後の失敗のことは、話題には出なかった。間もなくして倉本の住む団地の前に車が到着した。

「おやっ？」倉本が自分の家のベランダの方を見て驚いたようにつぶやいた。誰もいないはずの部屋の窓から灯りがもれていたからだ。

久美子と武は、何も言わずにさっさと荷物を下ろすと神代の車は早々に発進していなくなってしまった。

倉本は何が起こっているのか分からず玄関の扉を開け中に入って行く。すると「お帰りなさい」と妻の静代と娘の奈美（なみ）が気まずそうに玄関に立っていた。

「どうして！」倉本はそれ以上言葉が出なかった。

「夕食まだでしょ」

静代は和室に食事を用意してくれていた。テーブルに三人が座り静代は倉本にビールを出して「お疲れ様でした」と言った。

「すまなかった。長い間連絡もしないで俺がすべていけなかった。申し訳ない。謝ろうと何度も思ったんだが、それができなかった。本当に許されることではないと後悔している」

「久美子さんが私を探して家まで訪ねて来てくれたのよ！　それでね、茜さんにあなたが体操を通してたくさん夢を見させてもらってその恩返しがしたいからっていうのよ。あなたが寂しそうにしているから一度でいいから会ってくれないかって」

「久美子さん、本当にいい人ね！」

「すまない、本当にすまなかった」と繰り返す。

「お父さん、謝ってばかりいないでご飯食べたら」と奈美は言ってくれた。

「俺を許してくれるのか？」

と倉本が言うと静代は、

「遅かったけど、許してあげますよ、もう私たちも六十一歳なんだから、三人でもう一度やり直してみましょう。奈美もいいわね！」奈美は小さく頷いた。

二人は生活のため、静代はスーパーで働き、奈美は、家庭教師をして生活をしていたようであった。倉本は、苦労をかけたがこれからは三人で助け合って生きていこうと心に誓ったのである。

数年ぶりに食べた妻の手料理は、本当に美味しかった。そして大好物のビールも最高だったのである。

第四章　オリンピックへの道

茜が高校三年生になり、倉本が茜の指導をし始めた時からの目標としていたサンパウロオリンピックの年がついにやって来た。今回のオリンピック日本代表枠は、前回のロンドン世界選手権大会から一人減って、五名と狭き門である。

今年は、人生かけての勝負の年になる。倉本は、そう思っていた。ロンドン世界選手権ではヘッドコーチとして試合につけたが、このサンパウロオリンピックでヘッドコーチとなりともにサンパウロへ出発するには、ＪＢＡ杯で担当する茜がトップでオリンピック日本代表の権利を取るしかないと考えていたのである。

茜のほうも今年はオリンピック選手になって、昨年の世界選手権大会での雪辱を果たし、主将としてチームを牽引し団体三位、個人総合八位に入賞してみせると気合が入っていたある夜のことだった。茜が二階の自分の部屋から階段を下りて来ると「へえー倉本コーチがね。叶わない夢というのは誰にでもあるもんだな」武パパの声が聞こえて来た。茜は階段の途中で腰かけて聞き耳をたてた。

「そうなんだって。倉本コーチは、オリンピックのヘッドコーチになることが夢だったんだって。だからこのサンパウロオリンピックは、倉本コーチにとって夢を叶える最後のチャンスになるかもね」久美子ママが答える。

「だったら私がJBA杯で優勝して倉本コーチをサンパウロオリンピックにヘッドコーチとして連れて行く！　そうすれば少しは、恩返しになるのかな？」この時茜は倉本コーチのためにも「絶対にJBA杯で優勝する！」と心に誓ったのである。

四月、全日本個人総合選手権大会（オリンピック二次選考会）が代々木体育館で開催された。

茜は個人総合二位となり、茜をおさえ優勝したのはやはり宿敵であり今大会でもライバルとなった加藤杏子だった。茜は、彼女を初めて見たときからこの子に負けるのではないかと予感していたが世界選手権に続きこれで二連敗である。

いっぽうの加藤杏子は、昨年の世界選手権大会個人総合六位入賞したことで自信をつけ、貫禄ある堂々とした演技で観衆をも魅了し優勝した。茜は個人総合優勝を狙っていたため優勝が加藤杏子であると分かったとき、悔し涙にその場に泣き崩れてしまいマスコミのカメラが茜を囲む形となってしまった。一位の加藤との点差はわずかに０・１だったのである。

しかし、五月、ＪＢＡ杯兼サンパウロオリンピック日本代表最終選考会では加藤杏子が三種目目の平均台であっけなく落下し得点を落としたことで茜が優位に立ち、個人総合優勝しトップでオリンピック出場権を得たのである。

茜は久々に上機嫌だった。この大会で上位三名の神代茜、加藤杏子、杉村愛がオリンピック選手に決定した。

倉本は次の週、電話を待っていた。そして水曜日の午前十一時頃倉本は、大学へ車を走らせていた。信号を左折しガソリンスタンドを超えて農道の細道を走っていた時に携帯電話が鳴った。王山恵子サンパウロオリンピック強化本部長からだった。

「倉本さん、あなたにサンパウロオリンピックのヘッドコーチをお願いしたいのですが了承していただけますか？」

「謹んでお受けいたします」と言って電話を切った。

体操コーチとしての長年の夢が叶った瞬間だった。年甲斐もなく胸がときめき涙があふれそうになった。倉本はいままでの長いコーチ生活を思い出していた。

「とにかく、ここまで来た以上、オリンピックでの団体三位、メダルを目指して頑張るしかない」と決意を新たにしたのである。


倉本と茜のオリンピック出場が決定してからはテレビ、新聞の取材、また県知事、可児市長等への表敬訪問、岐明大学理事長室にも呼ばれ初めて理事長にも会うなど、倉本、神代親子共々過密なスケジュールをこなし練習どころではなくなった。

六月初旬に全日本種目別選手権大会が開催され、ゆか（床）と跳馬で宮内りん、また段違い平行棒で内川美紀選手がオリンピック選手に決定した。ここまでともに戦ってきた篠田晴美はＪＢＡ杯で五位入賞したがオリンピック代表に選考されることはなかった。

六月にオリンピック日本代表合宿が二回開催され、倉本はそこで日本体操協会の役員から王山監督の体調がよくないということを聞かされた。王山監督は、合宿にも顔を見せていなかった。そしてある日の新聞に「オリンピックサンパウロ大会体操女子王山恵子監督体調不良のため、現地入り断念」という記事が出た。倉本は自宅でその記事を見て愕然としたのである。「オリンピックはどうなるのだ！」倉本は自問自答した。

七月、日本オリンピック委員会の結団式があり最終合宿が行われ、その合宿の中で倉本は王山恵子監督に呼ばれた。王山監督は疲れた様子で「私は、心臓バイパス手術を受けることになって、サンパウロにはドクターストップで行けません。監督代行としてクイーン体操クラブの塩田に行って貰いますので倉本さん、現地での選手の指導をよろしくお願いします」と言った。

倉本の責任は、ますます重大なものになったのである。

七月十八日、オリンピック日本女子選手団は、ブラジルはサンパウロに向けて日本を出発した。

アメリカ・ダラスまで十四時間、ダラスのホテルで十時間休憩をとり再び十四時間の飛行。ブラジル到着後、現地での事前合宿を消化し、二十四日、オリンピック選手村に入村した。選手村にはオリンピックが終了し次第高級マンションとして売り出すという、十数階の建物が何十棟も立ち並んでおり、日本選手団の建物は一番奥のバスターミナルの近くだった。一日中シャトルバスが何台も選手村のなかを巡回していた。

大きなトレーニング場、オリンピックグッズの土産物売り場、巨大な食堂などがあった。建物はかなり急いで建設したということもあり、いろいろな不備があった。

まず倉本たちの部屋は給湯設備の不備でお湯が出なかった。シャワーからも蛇口からも冷たい水しか出なかったのである。三日目に給湯器をそっくり替えてくれて、それからは、お湯が出るようになった。

各部屋で上の階の水、汚水が天井から漏れたり、壁の鏡が突然崩れ落ちる等問題が相次いだ。また出発前、現地に蚊が異常発生していて大変だという情報が入り虫よけスプレーがたくさん支給されたが蚊はそれほどでもなかった。

　練習会場までは、バスターミナルからバスが出ていた。番号を間違えて乗ると違う競技の会場に行くので注意が必要である。朝、昼、夜の食事は食堂に行って摂る。和洋中、いろいろな食べ物があり水、ジュース、コーヒー、牛乳など飲み物も取り放題であるが適度な量の食事をとることが基本である。

　身長二メートルを超える選手が悠然と歩いていたり超有名選手が目の前に現れたりする。肌の色も背格好もいろいろで、まさに世界の祭典に来たという感想である。

　練習会場は、テントで作られた建物だった。ネザーランド（オランダ）の選手団といっしょになった。

　日本選手団は今回、帯同コーチのＩＤカードを多く取得している。各選手に一人ずつのコーチがついているが選手村に入れるのは常時コーチ三人、残る二人のコーチ（内川美紀、宮内りんの各帯同コーチ）は一日ずつ交代で入ることができる。

練習は塩田監督代行の練習メニューなどの話の後、主将である神代茜が準備体操を進めて行き、途中からは補強運動となる。

倉本は全体を見るため、茜に付ききりになるということをしなかった。茜はそのことに不満もあったがわからないでもなかった。他のコーチは自分の担当選手のみを見ているというのに私だけなぜ？という感覚はあったのである。

倉本コーチは厳しい人だった。厳格、日本人的な侍のようでもある。与えられた職務に忠実とも言え、また隙がなくある意味つまらなくもあるが確実に結果を出すという点では、優秀な人だとも思う。目標を持ったらそれに向けて着実に物事を見聞きし進めて行くという能力があった。

今回、倉本は前回の世界選手権から今回のオリンピックをみるとき、日本は団体決勝で１７４点を取り三位を目指すという計算をしていた。１７４点とは個人総合58点の選手が三人で、団体決勝一種目ベストスリーの四種目の一人一人が一種目14・5を取り続けるということで現在の日本女子の実力では、大変難しいことであるが倉本は「できる！」と信じ計算を繰り返し行っていたのである。

倉本はデータマンとも言われ、各大会の前に全出場選手の得点を調査し、今、自分が担当する選手がどれくらいの位置にいてどのような成果を収められるか、また今後どうすれば更にいい結果を収められるか等を考え練習計画を作成し実行してこれまで選手を育ててきた。

オリンピック村に入村から十日後の八月四日、日本女子のポディウム練習が行われた。神代茜、加藤杏子、杉村愛の三人はオールラウンド、内川美紀が段違い平行棒と平均台、宮内りんは、ゆか（床）と跳馬という布陣だった。本会場に入るとあちこちに五輪のマークが見えた。試合会場は緑を基調とした落ち着いた雰囲気の会場だった。

予選は五―四―三方式、つまり五人の選手の内、各種目四人が演技し、そのうち高い三人の得点がチーム得点となる。

日本は跳馬から入り、各種目短いアップの後、審判員に手を挙げて本番と同じ演技順で本番と同じように演技を行った。怪我などのリスクを考えると各自フリーにして決められた練習時間の中で演技をしてもしなくてもよいということもできるが、日本女子はあえてこの方法を取った。その結果選手全員がいい感触を掴んだようだった。

八月七日、団体予選当日。サブ会場練習を終え、細い通路を通って本会場へ向かう。緊張が徐々に高まってくる。倉本は茜の変化に気づいていた。今までなら自分の体の調子や練習で掴んだ感触で自分の試合を組み立てていくのだが……今はチームのみんなの調子や意気込みはどうかとか、そうした全体の様子を気に掛けているように見受けられる。だから茜は、もしかしてその背負っている物の重みに耐えかねて押しつぶされてしまうのではないか？　一瞬そんな不安にかられたのである。

茜は朝からいつになく緊張を感じていた。「なんだろうこの感触？　胸が苦しい」。いよいよ来た！　やってやるという気持ちで高まっているのもあるが、その結果何か目に見えない大きな重圧に押し潰されそう。そんな感覚だった。

主将としての責任感なのか、誰か助けてとも言えない孤独な感情だったのである。

選手が入場し、国と選手の紹介があり、日本チームは第一種目跳馬のフロアへ、そして試合が始まる。

オリンピックに出場できるのは団体戦十二ヵ国、十三位以下の国は個人競技となり全員が予選大会で演技する。団体決勝への進出は上位八ヵ国である。なんとしても団体決勝へ進まなくてはならない、倉本は高まる気持ちを抑え冷静に競技全体の進行を見守らなければならなかった。

一種目目、跳馬。日本は今回Dスコア6・2のチェソビチナを茜と宮内りんが跳び、加藤杏子がDスコア5・8のユルチェンコ二回ひねりを跳ぶので決まれば高得点が期待できる。

四人ともしっかり演技し最高得点は宮内りん選手の〈14・966〉だった。

二種目目、段違い平行棒内川美紀の登場である。前回の世界選手権では現地に出向きながらもメンバーから外れ、この得意な段違い平行棒は封印されたままだった。内川美紀は世界選手権から奮起し、この場に立った。内川の演技内容は閉脚シュタルダー、閉脚シュタルダー一回ひねり、コモワ[注8]、パク宙返り閉脚シュタルダー二分の一、イエーガー宙返り、サルト下りを盛りこんだ２Ｅ５Ｄ１Ｃ、Ｄスコアはｍａｘ６・２で内川はいい演技での実施で〈14・８〉、茜〈14・９〉と二人の得点は15点に届くのではないかと思われる高得点だった。国内の試技チェックではこんな高得点は出たことがなかったので倉本は「これは嬉しい誤算だ！」と思ったのである。

　三種目目、平均台一番の加藤杏子がしっかりきめ、茜にバトンをつなぐ。茜は演技の序盤の二回転ターンでまさかの落下をしてしまう。その後はしっかりと下りまで演技を行うも〈13・６６６〉という不本意な得点となり、チーム得点を大きく落とす結果となってしまった。

　続く杉村愛は悪い流れを断つように自分の演技をやり切り、最後の内川美紀につなぐ。美紀は「大変な役割が回ってきた」と緊張が隠せなかった。

　段違い平行棒は命を懸けてもいいくらい練習して来たが、平均台はどちらかといえば不得意な種目で演技練習もさほど突き詰めてやったりはしない。段違いの半分以下の練習時間と言っていい。だからこんな状況になるとは夢にも思わなかったのである。

「やるしかない」美紀は覚悟を決めて平均台に向かって行った。この状況は日本チームの意気込みをテストするような場面でもあったのである。美紀は悲壮な顔で必死に一つ一つの技をまるで綱渡りをするかのように慎重に演技していった。そして美紀は、落下せず演技をやりきり茜の得点をわずかに０・１ではあるが上回る〈13・７３３〉を獲得したのである。

倉本は内川美紀とハイタッチし「美紀、よくがんばった、立派だぞ」と声をかけた。茜は「美紀、ありがとう！」と声をかけ、他のメンバーも駆け寄って美紀の頑張りを称えた。日本チームはまた一段と団結力を強固な物にしたのである。

最終種目ゆか（床）に入った。前回の世界選手権種目別ゆか（床）四位・宮内りんはメダルの可能性もあり期待が大きかったが、ラインオーバーとアクロバットのミスが出てチーム得点にも入ることができなかった。ところがその宮内りんを上回るようなゆか（床）の演技を見せたのが加藤杏子だったのである。今回はチェソビチナ（後方伸身二回宙返り一回ひねり〈Ｈ難度〉）とシリバス〈Ｈ難度〉という二つのＨ難度を盛り込んだＤスコアも宮内りんと同じ６・５という演技で

〈14・566〉という高得点を叩き出したのである。

日本女子チームの予選演技がすべて終了した。茜の平均台を除いて全演技にミスは、なかった。茜は自分がミスをしてみんなに不安を与えたが、チームは試合を通して一つになってよく戦い、無事に予選を終えたことで自分の役割はある程度果たしたと安堵感を感じていたのである。


予選において日本女子は〈172・564〉、団体七位で団体決勝に進むことができた（決勝進出は八位まで）。アメリカ、中国、ロシア、前回開催国のイギリス、地元ブラジル、ドイツそして日本、最後にオランダが入った。

予選は七位と団体決勝ギリギリだったが倉本は、「日本はまだ行ける、決勝ではあくまでも三位を狙う」と段違い平行棒の得点修正そして茜の平均台のミスの修正、宮内りんのゆか（床）の着地のミスの修正等を加味すれば団体決勝得点174点の目標得点をとることができ、団体三位を狙えると考えていたのである。

団体決勝進出に加え、個人総合決勝に九位加藤杏子、十二位神代茜が通過し種目別ゆか（床）に八位で加藤杏子が通過した。加藤杏子と神代茜、この二枚看板を軸とした日本チームは、まだまだ隠された力を秘めている。倉本はそう読んでいた。

二日後の八月九日、女子団体決勝が行われた。日本は、オランダとゆか（床）からのスタートだった。ゆか（床）は、日本が先、オランダが後に演技、次の種目は日本が後、オランダ先を繰り返して試合が進行していくという流れだった。

予選五位の地元ブラジルは平均台からのスタートで、日本が演技するときにちょうどブラジルも演技するというタイミングだったのである。

「まずい！」倉本は直感した。ブラジルの大声援が日本の演技の時に押しよせてくる、日本選手はその怒濤（どとう）のような大声援の中で最高のパフォーマンスができるだろうか？　という不安だったのである。

ブラジルは平均台からのスタートで、この平均台の出来にブラジルの運命がかかっていた。会場を埋めつくした大観衆が待ちわびたブラジルの選手たちがいよいよ入場してきた。平均台に入って整列、挨拶、そして練習をするというブラジル選手の一挙一動に注目がそそがれ大歓声が浴びせられたのである。

それと同時にゆか（床）に入った日本選手は、動揺しながらも各自の演技を確かめて行く。倉本は大声で声をかけ残り時間を伝える。ゆか（床）と平均台は一分三十秒のウォームアップを終え、演技に入って行った。

日本の一人目の演技は、杉村愛。演技が始まったがブラジルの大歓声で曲が全く聞こえない。最初のアクロバットは後方伸身宙返り三回ひねり、後方伸身宙返り二回半――前方伸身宙返り一回ひねり、足を持った三回転ターン……そして最後のアクロバット後方屈身二回宙返り。演技の途中でも笑顔を見せる表現力、そして美しい動作は、曲にマッチしていて観客を引き込む力を持っている。杉村愛は完璧な演技をやってのけた。〈D5・7　得点14・1〉、高得点でのスタートだった。

二番・加藤杏子〈14・166〉と得点を伸ばす。三番・宮内りん、予選でミスのあった第二アクロバットをうまくこなし多少着地ミスはあったが〈13・908〉と大崩れしなかった。日本は好調なスタートを切ったのである。

オランダのゆか（床）後半と二種目目の跳馬前半の演技時間、日本は休憩となる。サブ会場に戻って練習することも可能である。

今回の出場種目は神代茜はゆか（床）を除く三種目、加藤杏子は段違い平行棒を除く三種目、杉村愛は跳馬を除く三種目、宮内りんはゆか（床）と跳馬。内川美紀は段違い平行棒のみとなっている。


その日、会場へ向かうバスでのことだが日本チームが乗り込むと車内には、アメリカ、中国、ロシア等世界の有名スター選手とコーチがずらりと勢ぞろいといった感じで、もうバスの中から日本チームのメンバーは目を白黒させて「場違い？」という感じもあったが、それ以上に世界最高峰のメンバーのみが出場する試合に自分たちも向かうのだという感触を持った。

サブ会場の練習も各国整列の後、同時にランニングやダンスを始める国もあってウォーミングアップのやり方も各国様々だが、問題は日本がその中にうまく割り込んでアップできるのかということからはじまる。

茜は、さすがにみんなを引っ張り、しっかり場所を確保し、声をかけ合いアップが開始された。倉本はそうしたことを見ながら「ずいぶん茜も成長したものだな」と感心するのである。

二種目目跳馬、日本は挨拶をした後、後半の演技であるため、またも待たされる。つまりこの試合形式だとかなりの待ち時間が存在し、モチベーションを保つことも難しいところである。

跳馬は日本の一番、加藤杏子のユルチェンコ二回ひねりを楽々決める。〈14・833〉、茜のチェソビチナ〈14・933〉、そして宮内りん、〈15・066〉と日本女子は最初の二種目で高得点を連発し一気に浮上する。

三種目目段違い平行棒、日本は先の演技、内川美紀はこの段違い平行棒のみの演技となる。試合が開始してからこの自分の出番までの間サブ会場で母親である内川ゆりコーチと練習しこの時間に合わせていた。ゆりコーチが背中を叩いて送り出す。

段違い平行棒のオーダーについて団体決勝の前に発表されたオーダーの一番は、茜だった。茜は一番を告げられた時、一番を務めるとは思ってもいなかったので驚いていた。Dスコアからオーダーを考えると一番は本来は杉村愛だと思われるが経験のある茜に任せるというオーダーである。

オーダーを決定するのは、日本にいる王山恵子監督である。そして塩田監督代行から現地のコーチ、選手へと告げられる。

段違い平行棒二番の杉村愛選手は王山恵子監督のクイーン体操クラブ所属なのである。このオーダーは、茜に一番プレッシャーのかかる役割を任せる事でチームの様々なリスクを回避させようというオーダーであると倉本は感じ取った。

「この場面、茜は絶対失敗してはいけない」と倉本は思った。

この団体決勝は、日本は、ゆか（床）から始まり、跳馬、そして段違い平行棒・平均台という二つの難関。つまりこの二つの器具は、落下するとマイナス1点という減点が課せられる「落下種目」とも言われ、体操選手にとっては絶対失敗してはならない種目なのである。だからこの段違い平行棒、ここでの一番手は大変重要な役割であり、茜は絶対に失敗できないこの場面で必要以上に力が入っていた。演技の最初からバーを強めに握って演技を続行していったのである。そのことで手に必要以上の負担がかかってしまう。ミスなく段違い平行棒の演技をやり終えた茜は着地をした後倉本に「手の皮がめくれました」と言って倉本に手を見せた。倉本が茜の手を見ると、左手の手のひらの親指の付け根の辺りに五円玉くらいの大きさで皮が完全に、めくれて出血していた。

「斉田さん」倉本はトレーナーの斉田さんを呼んだ。茜を斉田さんに任せて、北川チームリーダーと段違い平行棒の次の演技者、杉村愛の準備に戻った。この北川チームリーダーもクイーン体操クラブの職員である。杉村愛のコーチ、そしてチームリーダーとしてチームに帯同している。段違い平行棒二番・杉村愛の演技。閉脚シュタルダー、閉脚シュタルダー二分の一、イエーガー宙返り、閉脚シュタルダー一回ひねり……月面宙返り下り、着地が決まる。

段違い平行棒最終演技者・内川美紀は素晴らしい演技だった。低棒での技からコモワというE難度で高棒に飛び移るとスイングをし、そしてパク宙返りで低棒に移りまた高棒へ……イエーガー宙返り、そして下り技の月面宙返り「ドン」という音と共に着地が決まった。着地をしたあと内川選手はポディウムの上で自分の演技があまりにうまくいったので感動したのか足を小刻みにばたつかせて天を仰ぐようなしぐさでしばらく陶酔しているように見えた。

倉本は戻ってきた内川美紀とハイタッチした。「美紀、よくやった！」内川美紀がこのオリンピックのためにどれくらいの時間を段違い平行棒に費やしたのか計り知れないものがあった。

表示された得点は〈15・000〉。今まで見たこともない高得点だったのである。

最終種目、平均台へ向かって日本選手団が移動する。電光掲示板を見る。三種目終了時点の団体順位が表示された。「一位アメリカ、二位中国、三位日本……」日本はなんと三種目を終了した時点でロシア、イギリスをおさえて三位だったのである。茜、加藤杏子、そして日本チーム全員が目を見張って見入っている。

「何？　私たちって三位なの？　すごい！」

次の平均台で運命が決まる。

最終種目平均台、オランダが先に演技する。隣の跳馬で前回オリンピック団体三位のイギリスの選手が高得点を連発する。「そんなに頑張らないで！」日本チーム全員の祈るような心の叫びだった。

オランダの演技が終了し日本の平均台の練習が始まる。練習は一人三十秒、チームで一分三十秒。そして一人目・加藤杏子。レッドランプがグリーンランプに替わる。加藤杏子は、冷静だった。みごとに演技をやりおえる。

日本の二番手は、杉村愛、美しい演技で14・300と高得点を獲得する。さあ最後の演技者は、茜だった。このサンパウロオリンピックの団体決勝を締めくくる重要な演技である。予選で落下の後、茜は倉本のところに来て「あのー」と話し始めた。「平均台の二回転ターンなのですが、一回転ターンにしてもいいですか？」と言う。「いいですよ」と倉本が答えるも二回ターンは難度D、一回転ターンは難度A、まったく価値が違う。Dスコアも0・3違ってくるがここは、本人の意思を尊重しようと倉本は考えたのである。

茜の演技が始まった。……交差とびからの側方宙返り、一回ターン、後転とびからの後方開脚伸身宙返り連続……屈身二回宙返り下り、着地が……決まる！「キャー」悲鳴のような歓声が上がる。倉本は思わず飛び上がって喜び、そしてポディウムから降りようとする茜を抱き上げながら降ろし抱きしめる。

倉本は選手を抱きしめるなどということをしたことがなかったのだが、この時は無意識だったのである。茜はもうすでに泣き出しそうな感情を押し殺し、両手を広げてみんなに手を振りながらチームメイトに近づいて行く。そしてみんなが抱き合い一つの輪になって飛びながら全員で喜びをかみしめていた。

　茜はみんなと肩を組み、そして電光掲示板を見る。団体決勝の結果が表示される。……一位アメリカ、二位ロシア、三位中国、そして……四位、日本！　日本はオリンピック団体四位に入賞したのである。そして五位は前回オリンピック三位のイギリスだった。

　地元ブラジルは、試合途中で選手が怪我をして車椅子で退場するというアクシデントもあり観客の応援の盛り上がりに選手が応えることができない結果になってしまったようだ。

　日本チームのこの結果に、選手はもちろんだが倉本も感動していた。ヘッドコーチとしての役割を果たせたことが一番ではあるが、この緊張の試合の中日本選手は全員ノーミスでしかも倉本が目標としていた１７４点という点を突破し〈１７４・３７１〉という得点を獲得したことは計算上予想していたのだが、現実になり、しかも日本女子がオリンピック団体チーム四位に入賞したことに胸が熱くなったのである。

三位との差が1・6であったが、今の日本チームにこれ以上の成績は難しいだろうと思われた。つまり日本チームは一〇〇パーセントの力を出し切ったと言えるのである。


八月十一日、個人総合決勝が開催された。日本からは加藤杏子九位、神代茜十二位で二人が通過している。世界のトップオールラウンダー二十四人によって争われる豪華祭典である。

二人は第二グループ・七位から十二位の段違い平行棒からのスタートだった。

茜は、サブ会場での最後の段違い平行棒で苦しんでいた。団体決勝の段違い平行棒でめくれた左手の痛みで段違いの練習が全くできなかったのである。

みんなが練習を終えて入場口に向かっていく。

「だめだ！」テーピングをしても違和感があって思うようにできない。

加藤杏子が「茜、キネシオじゃなくて白いテーピングの方がいいのでは？」という。

茜はサブ会場を出たところで急いでキネシオテープを手から取り外し白いテーピングを巻き始めると斉田トレーナーもそれを助ける。

倉本が「茜、もう入場だぞ！」

入場口では入場曲が流れ始め、先頭集団から入場が始まってしまった。

茜は、冷静ではあったが手の痛みを保護する適切な方法が見つけられず考えをあれこれと巡らしながらテープを巻きながらついて行く。各種目のポディウムの上にそれぞれ六名の選手が並び電光掲示板に国と名前が紹介される。

満員の会場、大歓声が上がる。

さあ、試合スタートだ。いっせいに練習が始まる。

段違い平行棒の一番・加藤杏子、二番・オランダチャンピオン・レイソル、三番・中国チャンピオン・チャン、四番・神代茜。

練習時間は一人五十秒、茜、バーに飛びつき、技をかけようとするができない、そして何も確認できないまま練習時間が終わってしまった。

茜が倉本に「だめ！　できない」という。倉本は「茜、テーピングをすべて取って演技をやりなさい。大丈夫だ！　過度な緊張で痛みはいっさい感じないだろう。私を信じてやってみなさい」倉本は、言い切った。

一番の加藤杏子は下のバーへ飛び移る技で少し演技が乱れた。〈13・766〉、そして茜の順番が来た。

茜は、ポディウムの段違い平行棒の前に立ち、バーを睨(にら)みつけそして左手を強く握りしめる。

「こんなところで負けてたまるか！」

レッドランプがグリーンランプに替わり茜がバーに飛びつく、上のバーで宙返りを繰り返し行う、下のバーへ、上のバーへ飛び移る、そして下り技、月面宙返り。……決まる。

倉本とハイタッチ。何事もなかったように演技は完璧に行われた。〈14・566〉まずまずのスタートだった。

茜は、倉本の言った通り演技中、痛みはまったく感じなかったのである。不思議だが実際そうだったのだ。「テーピングを外せ」と言われたときは、「何を言っているのか？　このおじさんコーチ」と思ったのだが、やはりこのおじさんはただ者じゃないのだ。

倉本はテーピングを外せ、痛みは感じないと言い切ったが、実はその言葉に自信はなかったのである。結果的に演技ができてよかったというのが本音だった。

茜の次に演技したドイツのザイン選手の演技は突出していた。〈15・233〉という高得点をたたき出したのである。

二種目目、平均台、三番・茜、六番・加藤杏子はミスなく終了、二番目に演技した中国のチャン選手の演技は中国特有の完璧な着地姿勢。とび技の芸術的な空中姿勢等十センチメートルの幅しかない平均台の上での演技とは思えないほどで、素晴らしかったのである。〈14・666〉という得点は、ほぼ完璧なできであったと思われる。

三種目目ゆか（床）へ
ここまでこの班の選手は誰もミスをしなかった。まったく違う国のチャンピオンたちのプライドをかけた戦いは、互いの最高のパフォーマンスを出し合うことによって最高のアスリートとしての互いのひとつの信頼のようなものが生まれていく。不思議な感覚である。

ゆか（床）、二番・茜。どちらかというと苦手の種目である。確実に行きたい場面である。
倉本はいつも口癖のように言っていることを茜に言う。「茜、着地を決めろ！」ゆか（床）での着地の減点は積み重なると大きい減点となる。すべてのターン、ジャンプ、アクロバットの着地を決めれば必ず高得点が出る。倉本はそういつも指導してきたのである。

茜の演技は派手なアクロバットはないが確実に点数を取れる演技になっている。〈D5・8、E8・233〉

得点〈14・033〉、いい得点だった。五番・加藤杏子、得意のゆか（床）である。少し疲れがあるのかいつもの弾けるような演技ではなかった。〈Dスコア6・4 Eスコア7・733 得点14・133〉と少し不満足な得点となってしまう。ゆか（床）は、一番で演技した中国のチャン選手がやはり素晴らしい演技で〈14・900〉と高得点を獲得する。

そして最終種目、跳馬。茜はここまでノーミスである。倉本は、「ここはひるまずチェソビチナDスコア6・2を決めて個人総合八位を狙いたい」と考える。茜も勿論そのつもりだった。前年の世界選手権、最終種目平均台の下りで屈辱のミスをして逃した八位入賞はここで必ず獲得して日本に持って帰るのだ。

跳馬一番、茜はレッドランプがグリーンランプに替わると手を挙げて「はいっ」と意思を示すと勢いよくスタートを切った。倉本は助走途中で茜のスピードが落ちたような気がしたが茜は力強くロイター板を蹴った。

前転跳び前方伸身宙返り一回半ひねり。茜の体が宙を舞う、着地、決まる。「茜、よーし！」倉本は大声で叫んだ。

「終わった」倉本は心の中でそうつぶやいた。「これで終われる」とも。茜の指導を始めて十年、この瞬間のためにすべてをかなぐり捨てて頑張ってきたのであった。

ポディウムから手を振りながら笑顔で降りて来る茜とハイタッチする。「お疲れさん、よくがんばった。助走の途中でスピードが落ちたようだったが」と尋ねると「助走の途中で足がつりそうになりました」と茜が答えた。

危ない勝負だったのである。五日間の内に団体予選、団体決勝、そして個人総合決勝とほぼ四種目フルで戦ってきたのである。体への負担は極限状態であったと思われる。

茜の得点が出る。〈15・100〉高得点である。四番、加藤杏子はユルチェンコ二回ひねりをしっかり着地まで決め〈14・866〉

二人の個人総合決勝は終わった。跳馬は一番先に終わる。ほかの種目のすべての演技が終わるまで結果を待つことになる。いっしょに戦ったコーチ、トレーナー、選手たちと握手を交わす。

「八位は、どうか？」倉本はこだわっていた。電光掲示板を見る……そして、結果が表示される。

一位アメリカ、バイル、二位アメリカ、ライズマン、三位ロシア、ムスタファ……そして八位、日本、神代茜！〈57・965〉

「やった！」倉本は小さくガッツポーズをした。

斉田トレーナーが「倉本さん、おめでとうございます」と握手を求めてきた。

「ありがとうございます。斉田トレーナーや皆さんのおかげです」倉本は答えた。

斉田トレーナーとはオリンピック期間中同部屋で過ごした仲である。夜遅く帰って来る斉田トレーナーを倉本は毎日待っていた。日本の歌を聴いたり、話をしたり共に時間を過ごした仲間である。

すべてのスタッフの頑張りがあって団体四位、個人総合八位を取ることができたのである。茜もまた、同じように個人総合八位入賞をかみしめていたのであった。

オリンピック最終日、種目別ゆか（床）の決勝が行われ日本からただ一人、加藤杏子選手が出場した。日本女子選手団は観客席から応援をした。

コーチは瀬川恭子さんだった。あの東京世界選手権のときに倉本に声をかけてくれた人である。決して大声を出したりしない。常に沈着冷静に見える。選手に対しての言葉の声は優しい口調だが、言っていることは厳しい内容であったりする。倉本とは全く違うタイプであるが大変優秀なコーチである。

前の選手の演技が終わり、加藤杏子がポディウムに上がる。グリーンランプに替わると加藤杏子はフロアに入り、最初のポーズを取る。曲が大観衆を埋め尽くしたオリンピックの会場に流れる。

女子のオリンピック演技の最後を飾るゆか（床）種目別決勝、そこに日本の加藤杏子の姿があった。「ゆか（床）だけは、誰にも負けない。私のプライド、私のすべてをかけて演技する」杏子は心に誓っていたのである。

二つのH難度の技、伸身二回宙返り一回ひねりと後方抱え込み二回宙返り二回ひねりを盛り込んだ演技は、ブラジルの大観衆を魅了した。

そして最後のアクロバット、屈身二回宙返り。着地、そして最後のポーズ。曲が消える。杏子の演技が終わる。得点の表示〈14・533〉……七位。三位イギリスの選手との点差はわずかに0・4だったのである。


倉本は思う。

「神代茜との出会いがなければ今の自分はないだろう。

久美子さんのお陰で妻と娘が帰って来てくれた。今、私には帰る場所がある。

茜と加藤杏子の国内での戦いは日本女子を世界レベルへ押し上げる結果となった。日本女子体操はこのオリンピックで世界に大きくアピールすることができた」

次の東京オリンピックに向けて彼女たちの更なる頑張りが日本女子体操をもっと高い見晴らしのいい場所へと導いて行くことだろう。

そして彼女たちは、新しい扉を開けるに違いない。

注1　パク宙返り：段違い平行棒の高棒から低棒に前振りし、後方伸身宙返りをして低棒に腕立て支持になる技

注2　ⓐ体操競技での技の難易度はA・B・C・D・E・F・G・H・Iで表す。Aは0・1、Bは0・2、Cは0・3、Dは0・4……の演技価値がある。ちなみに女子の段違い、平均台、ゆか（床）の演技は高いほうの難易度から8個の技が計算される。他に跳馬以外の3種目には、ⓑCR（特別要求）の技がそれぞれ5個含まれていなければならない（現在は4個）。CR1個に0・5が与えられ満点は2・5となる。ⓒそ

の他に技の組み合わせによる加点がある。ⓐⓑⓒを合計してDスコアが算出される。

注3　体操の技名は、世界選手権大会、オリンピックにおいて世界で一番最初に新しい技を成功させた人の名前がつく。例えばユルチェンコ選手が世界で初めて成功させた技だから「ユルチェンコ」という技名がついている。

ユルチェンコ：跳馬の跳び方で、側転¼ひねりをしてロイター板（踏み切り板）を踏んでバク転をし、跳馬に手をつく跳び方

シュタルダー：段違い平行棒で開脚（閉脚）浮腰回転一回から倒立になる技

イエーガー　：段違い平行棒で逆手から後方に開脚（閉脚）前方一回転して再びバーを握る技

注4　プロテクター：段違い平行棒で両手にはめる補助器具。皮で出来ている。先端に棒状の芯が入っていてぶら下がる力を補ってくれる。

注5　ウルフとび：平均台の技で片脚を前水平に、もう一つの脚はしっかり曲げたとび方（とんだ形が狼に似ていることからウルフという名前がついている）

注6　跳馬のDスコア（演技点）は跳ぶ技によってすでに得点が決まっている。

【例】ユルチェンコ一回ひねり　D5・0＋E8・5＝13・5（決定点）

※Eスコアは、実施点10点が満点である

注7　トカチェフ：前振りして両手でバーを後ろに投げる動作をし、前振り跳びし反動で背面でバーを飛び越す技

注8　コモワ：低棒外向きで閉脚シュタルダーで背面で低棒から高棒に飛び出し高棒に懸垂する技〈E難度〉

あとがき

人は失敗を経験し、悔し涙を流して努力し少しずつ成功に近づいていくものだと思います。

この作品「茜!! 飛び立て世界へ」は、私が体操コーチとして経験した事を基にフィクションとして書きました。倉本コーチが私で神代茜は体操の寺本明日香さんです。

寺本明日香さんは小学一年生で体操を始め高二でロンドンオリンピック個人総合十一位、大学三年生二十一歳でリオデジャネイロオリンピック八位入賞を果たしていますので、実際にはもっとたくさんの試合に出場していますが、分かりやすくするために作品中では試合を少なくゴールも高三、十八歳にしています。現実には、こんなにスムーズにオリンピック個人総合八位は難しいかもわかりません。また、私も一九九六年アトランタ、二〇〇八年北京、二〇一二年ロンドン、そしてリオデジャネイロオリンピックと四回のオリンピックに三人の選手を送り込みましたがオリンピックには出発できず、四度目で初めて選手と共にオリンピックにヘッドコーチとして出発することができました。

「諦めない限り希望はある」

この言葉の通り私は諦めずに頑張りました。

スポーツを志す皆さん、そしてその選手を支えているコーチ、保護者、関係者の皆さん。

皆さんのサポートと応援があってこそ選手たちの夢が叶えられるものだと私は信じています。

成績で日本代表となったことで、夢であったオリンピックコーチに就任することが出来た。

リオデジャネイロオリンピックに於いて日本体操女子は団体４位、寺本明日香選手は個人８位入賞を果たすことが出来た。

その後68歳で25年代表取締役を務めた会社を最初のオリンピック選手である橋口美穂（現：岡崎美穂）に後を継いでもらい退職。現在は無職、年金生活者となり母校である中京大学体操競技部女子のコーチとして学生達とインカレ上位を目指してまた新たな夢を追いかけている。

年	世界選手権大会	オリンピック大会	選手名	
1995	鯖江		橋口美穂	
1996		アトランタ	橋口美穂	
1997	ローザンヌ		得能香織	
1998				
1999				
2000				
2001				
2002				
2003				
2004				
2005	メルボルン		黒田真由	段違い平行棒４位
2006	デンマークオーフス		黒田真由	段違い平行棒４位
2007				
2008		北京	黒田真由	団体５位
2009				
2010				
2011	東京		寺本明日香	団体７位、段違い平行棒５位
2012		ロンドン	寺本明日香	団体８位、個人11位
2013	ベルギーアントワープ		寺本明日香	
2014	南寧		寺本明日香	団体８位、平均台４位
2015	グラスゴー		寺本明日香	団体５位、個人９位
2016		リオデジャネイロ	寺本明日香	団体４位、個人８位

著者略歴

本名：坂本　周次（さかもと　しゅうじ）
昭和29年11月13日生まれ　69歳　体操コーチ

京都府亀岡市に生まれる。京都府立亀岡高等学校在学中に体操競技部に入部。体操の魅力に取りつかれる。体操を続けたいと母親に頼み込み中京大学に進学。体操競技部に入部するが選手生活は僅か1年で終了。大学2年生より学生コーチとなる。

その当時オリンピック選手代表選考会等に笠松選手の帯同コーチとして参加させて頂いたことで一流選手を育てる仕事に就きたいと思うようになった。大学卒業後暫くして笠松氏に誘われテレビ局がスポンサーの会社に体操コーチとして就職。8年後、笠松氏が独立し、後を継いで体操部門の部長、ヘッドコーチに就任した。

12年後、指導していた橋口美穂選手が1996年アトランタオリンピックに日本代表選手となったが、著者の役割は国内最終合宿までで終了。オリンピックにコーチとして付いていくことができないという現実に直面する。この屈辱を期に「オリンピック日本代表コーチになること」が夢となった。

しかし翌年務めていた会社が事業縮小を行い体操部門は廃止となるも迷わず独立を決意し「レジックスポーツ」を創設、代表取締役となり名古屋市内に体操クラブを開業。2008年北京オリンピックに黒田真由、2012年ロンドンオリンピックに寺本明日香選手を輩出するがやはりコーチとしてオリンピックに行けなかった。

その後、更なるオリンピック選手を育成するため最新設備を備えた体育館を次々と建設。体操クラブを4校経営し会員数1000名、スタッフは30名を数えるまでになり、選手、指導者、審判育成にも力を注ぎ、世界選手権大会、ワールドカップ、アジア、東アジア、ユニバーシアード大会等数多くの国際大会に日本代表コーチとして世界を回り、そして遂に2016年リオデジャネイロオリンピックに寺本明日香選手が国内トップの

茜!!　飛び立て世界へ

2024年7月17日初版第1刷発行
著　者　坂本周次
発行者　百瀬精一
発行所　鳥影社 (choeisha.com)
〒160-0023 東京都新宿区西新宿3-5-12トーカン新宿7F
電話 03-5948-6470, FAX 0120-586-771
〒392-0012 長野県諏訪市四賀229-1（本社・編集室）
電話 0266-53-2903, FAX 0266-58-6771
印刷・製本　シナノ印刷

ISBN978-4-86782-093-3 C0093